地獄系列
第九部

地獄迴歸

自序

地獄九「地獄迴歸」與上一本地獄八「地獄獨行」，間隔了一年半，正當我在地獄八的序中，信誓旦旦的寫下地獄八是有史以來間隔最長一本之際，地獄九就輕鬆的就破了記錄，哈哈，也許這是無法避免的宿命，因為就叫地獄「久」啊。

地獄九，誕生於二〇一一年，這一年，我三軌人生持續前進著。

所謂三軌，一軌是家庭，與老婆和小三組成的三人小世界越來越穩固，而寶妹也逼近了兩歲，這兩年內，她從軟趴趴的肉球，開始學會爬，學會走，學會說話，現在已經是一個身手矯健，笑起來整屋子都是她聲音的小鬼頭，只能說養小孩很累，也很幸福，無與倫比的幸福。

第二軌是工作，在一個已經沒有分紅配股，年薪大不如前的科技業上班，努力解決工作上的各種問題，同時學習職場文化和人際關係。

第三軌是寫作，也是我能在這裡寫序的原因，哈哈，慢慢的出書，用每天的小空檔思考劇情，似乎已經是我生活的一部分。地獄故事逐漸接近尾聲的現在（說是尾聲，也要三集以上吧？），陰界黑幫接班人的態勢也慢慢完成，很開心，因為我堆積如山的故事點子，終於又實現了一個。

地獄迴歸

地獄久，喔不，地獄九終於寫完了，我自認這集神與神的對決很過癮，希望你們也會喜歡喔。

Div

前情提要

只為一句承諾，獵鬼小組兵分四路，將挽救女神的最後聖器「聖甲蟲」從新竹送到台北，而等待他們的，卻是四條絕命死路。

先是狼人T在曠野與殭屍將軍李牧浴血奮戰，再來是吸血鬼女含著眼淚，打敗了魔化的羅賓漢，然後是貓女終於解決了她最討厭的宿敵，劉禪。

最後，則是少年H，他遇到的是從地獄列車以來，至今無敵的超級破壞神，濕婆。

少年H究竟是生？是死？而他與濕婆這一戰，又會為整個地獄遊戲帶來什麼樣巨大的影響？

另一頭，還有一個人堅持自己的承諾。

他是夜之王，阿努比斯。

經歷了與霸者項羽的血戰，帶著重傷昏迷的法咖啡，穿過千萬殭屍築起的毒血堡壘，只為了一命。

一條名為女神的命。

另一頭，詭異迷離的地獄政府也正式介入地獄遊戲，擁有最雄厚實力的地獄政府，究竟會再掀起什麼樣的大波瀾？蒼蠅王、華佗、殭屍軍團，又各擁有什麼樣恐怖的力量？

同時間，天使團、白老鼠軍團、鍾小妹、諸葛孔明，甚至是台灣獵鬼小組的倖存者，也都開始移動了。

不只是他們，地獄遊戲中千萬個玩家們也開始動了，因為他們知道，「那個時刻」要到了。

夢幻之門開啟的時刻，就要到了。

最巨大、最怪異，縱橫神魔人三界的地獄遊戲，眼看就要破關了。

地獄迴歸

楔子

一座位居新北市的近郊，終年有霧的城鎮，林口。

一名男子從老舊的車站下車，他拖著右腳，步行數百公尺，直到一大片空地上，才蹲下身子，小心翼翼的從口袋中掏出一個東西。

那東西被一條美麗的手帕包著，包裹的方式相當整齊，與男人邋遢骯髒的外型，極不相配。

這男人顯然對這份不相配毫不在意，他慢慢的打開這條手帕，在終年不散的霧中，隱約可見這條手帕上沾著幾滴乾涸的血跡，紅點斑斑，似乎訴說著手帕之下，那一個悲傷而壯烈的故事。

終於，手帕完全被打開了。

裡面的東西與男人更不相稱了，因為這是四朵淡藍色彩的花，有些已經枯萎，甚至乾折，而花瓣上更沾著與手帕相似的血跡。

「這裡是一個好地方。」男人露出笑容，笑容之中，是兩排斑黃的牙齒，「埋下花瓣，應該不會對不起『妳們』吧。」

男人在地上挖了個洞，拎起四朵花，一朵朵放入洞中埋好，從這動作可以看出，原來男人不只跛了右腳，連他左手上都少了根小指。

跛腳，與剩下九指的男人，如此奇異的外貌，好像似曾相識啊？

然後，男人骯髒的臉，再度笑了。

「**如見風信子，生死都相聚。**」男人低語。「荊棘玫瑰啊，雖然遲了點，但老子可沒忘記與妳的諾言。」

荊棘玫瑰，這個曾在地獄遊戲中響叮噹的名字，難道這男人是……

男人說到這，用力伸了懶腰，還打了一個大哈欠。

「最近好無聊，都沒有打架的戲分，枉費我長得這麼帥，都沒有入鏡機會，粉絲都快忘記我囉，咯咯。」

而就在男人伸懶腰的同時，他剛剛埋下風信子的泥土，竟開始緩緩蠕動起來。

「咦？」男人低頭，他發現土地發生的異樣。

以埋下種子為圓心，土地正緩緩蠕動著，越蠕動面積越大……彷彿有什麼東西，正在急速吸取土地的養分，然後就要破土而出。

「這是怎麼回事？」男人詫異之間，他赫然發現，原來出現異象的不只是土地，他一抬頭，天空出現了一大片螺旋的紫雲。

巨大的紫雲呈現漩渦狀，而漩渦的中心，往下延伸出一條細長的雲線，雲線底端就正指著男人的正前方，那埋下種子的位置。

「這是什麼鬼東西要誕生的徵兆嗎？」男人喃喃自語，目睹著這奇異的天象，包括地動、天雲，持續了一分多鐘，才緩緩的停止。

「不會我剛好完成了某個任務的條件，讓什麼不得了的道具誕生吧？」男子正胡思亂想著，忽然，他揉了揉眼睛。

因為，剛剛埋下種子的地方，竟然多了一個東西。

那是一朵花，一朵男子無法理解的花。

因為這花雖然擁有和風信子一模一樣的淡藍色花瓣，翠綠的莖葉，但它中心該是花蕊的地方，卻完全不是那麼一回事。

它的花蕊，是黑色的。

宛如微型黑洞般的黑色，將一切的光線都吸入，扭曲，化成一顆奇異的黑球。

「好怪的黑點。」男人伸出手，試圖碰觸那花朵，但花朵的花瓣卻瞬間縮起，連裡面的黑點也被收入其中。

「黑蕊花？仔細想想，如果這真是一種道具，那要滿足它誕生的條件可是相當難啊！」男人舔了舔舌頭，「先要讓薔薇團四人訂下盟約，然後四人就算全部陣亡，也死守盟約，最後還包含了一整個團，上百位玩家的一起犧牲……怎麼想，都覺得這道具肯定價值連城！」

看著這朵黑蕊花，孱弱的枝葉卻散發著一種天地都為之盪樣的氣勢，男人再度吞下了一口口水。

「難道……老子無聊的日子，就要結束了嗎？咯咯咯咯。」那醜男人張嘴大笑。「我這個專門耍無賴，狡猾奸詐的九指丐，又有戲分要登場了嗎？」

以狡猾著稱的九指丐，又要再度登場了嗎？

第一章　倒數三分鐘

地獄遊戲，台北。

此時此刻，整個地獄遊戲的看板，都同時換上了一個倒數計時的畫面。

3:00

三分鐘。

這三分鐘，是伊希斯女神生命的極限。

這三分鐘，是判定少年H是否能從濕婆掌下逃生的關鍵。

這三分鐘，更是直接影響地獄遊戲未來命運的重要時刻。

當所有玩家仰頭注視著看板，屏息以待答案揭曉的時刻，有一台計程車卻還在移動，它以驚人的高速，左彎右拐穿過綿延的車潮，驚心動魄的鑽入熙攘人群，然後一個猛力急煞，停在台北火車站的門口。

車輪還沒停止轉動，車門就被推開。

一個人右腳隨之踏下。

濕婆與少年H之戰的結果，就要揭曉了嗎？

此刻，守住台北火車站門口的，殭屍四大將軍之一的廉頗，一身鋼鑄的肌肉，在殭屍群中若論單打獨鬥，恐怕是最強的一個。

如今，他昂首凝視著外頭的計程車，全身毛孔幾乎都因為亢奮而張開，蒸燃著體內的水氣，形成濃濃的白霧。

有人稱這白霧，為戰士上戰場前，全身殺氣逼到頂峰而出現的，「鬥氣」。

鬥氣出現，表示廉頗已經將力量推到了頂峰，因為他的直覺正瘋狂警告著他，來者，將是一個值得以生命一戰的高手。

而隨著廉頗鬥氣張狂，他背後的殭屍數目則不斷激增，尤其是金甲屍，曾經讓阿努比斯陷入苦戰的金甲屍，竟一口氣出現四隻。

擺出這樣驚人的陣容，目的只有一個，那就是要傾全力攔截從計程車走下的那個人。

少年H。

就算不說，所有人也都很清楚……倘若少年H真能從最強破壞神濕婆的手底下活著離開，那他肯定值得這樣的陣容來截殺。

眼前，計程車上的人右腳已然著地，左腳也隨之跨出，整個人完全現身，他穿著一雙有些破舊的Nike球鞋，簡單的運動上衣，而運動上衣背後的連帽則被拉起，罩住了面容。

沒錯，這是少年H的標準裝扮。

少年H，終於來了嗎？

而同一時間，廉頗與四隻金甲殭屍只感覺到耳膜一震，這是殭屍王『白起』獨特的「殭屍千里傳音」，他正對所有的殭屍一起下令！

『少年H已至，你們還等什麼？給我動手！』

少年H已至。

所以，他真的從濕婆手下活著回來了？

「遵命。」廉頗聽到內心低聲的嘆息，旋即握拳，全身肌肉一緥，鬥氣往四面八方暴散。濃濃的鬥氣中，他已經躍了出去。

這一秒鐘，令廉頗嘆息的是，自己必須捨棄對少年H這武者的敬意，而服從殭屍王的絕對命令，採用他厭惡的圍攻方式。

因為整群殭屍只能有一個腦，其餘殭屍只能是手腳，「絕對服從」，是殭屍族之所以如此強大的原因。

而廉頗背後的四隻金甲屍，也同時兵分四路，上、下、左、右，封鎖了少年H能逃脫的任何方向。

『放屁！已經不到三分鐘了！我就不相信，你少年H有多厲害？可以三分鐘內突破我族的眾強者，哈哈哈。』白起的殭屍傳音，在台北火車站中迴盪著。『拖完這時間，我們殭屍族有史以來最臭屁的事蹟就完成了，那就是……我們殺神了，哈哈哈，連神都可以殺了，我們殭屍族還有什麼好怕的？』

殺神了。

如此大逆不道的行為，當真會被白起完成嗎？

殭屍發動全面包圍，少年H深陷其中，只見他露出肌肉結實的雙拳，沉默之際，驚人反擊已然展開。

少年H的右拳猛一揮出，與廉頗最自傲的肌肉互撞，這一撞，宛如兩台數噸卡車夾著高速正面撞擊，發出低沉但是懾人心魄的巨響。

就在這一秒，廉頗閃過一絲驚訝表情，這少年H的拳頭，也太剛強了吧？

因為竟然連自己最得意的肘擊，都被迫退了一步。

而另一頭，第一隻金甲屍，也趁機攀到了少年H的左後方，少年H連帽下的半張臉，露出一絲冷笑，左拳往後，捶了下去。

金甲屍，這曾經斬殺戰場上數百士兵的大將，竟吃不住這一拳。

只見金甲屍中拳之後，踉蹌後退，每退一步，肚子就發出隱隱炸裂聲，肚皮更脹大一倍，直到金甲屍退了十步，肚子已經大如水缸。

「給我破。」少年H聲音低沉。

破。

只見這隻金甲屍露出了滿嘴利牙，發出生命中最後一次怒吼，怒吼中，他的肚子已然炸開。

隨著肚中爆散開來的胃袋與內臟，可見這拳的剛猛。只是，向來以韌性與柔軟著稱的少年Ｈ，怎麼會打出這麼暴力的拳法？

「這等拳勁？」廉頗在一旁，不禁皺起眉頭，「不只是強而已，還可以多段爆發，少年Ｈ何時練成這種霸道至極的拳法？」

廉頗詫異間，第二隻金甲殭屍也攻上了，這隻殭屍身段柔軟，宛如海中迎水流而擺動的海草。這是這隻金甲屍的生存之道，軟滑如水，先讓敵人掌握不到自己的行動，然後再趁機靠近，種下最致命的毒牙。

但，這招顯然對此刻的少年Ｈ一點用也沒有。

只見少年Ｈ的拳頭直直往前，很直、很單純，甚至有點莽撞的直線……卻不偏不倚的算準了金甲屍順水而流的軌道。

砰的一聲，拳頭的方向精準無比，直接打中殭屍的鼻子，然後把鼻子整個揍入臉頰裡面。

這拳實在巧妙，乍看之下，反倒像是金甲屍自己把臉湊上去挨揍似的。

而這隻挨了拳頭的金甲屍，也步上前一隻金甲屍的後塵，頭部急速脹大，不過他比較倒楣，因為他爆開的是頭，所以四處飛散的是如豆腐渣般的腦漿。

「如此化繁為簡的拳法……好像似曾相識啊？」廉頗喃喃自語，「怎麼像是傳說中的……一擊必殺拳？這不該是少年H擁有的招數啊？」

廉頗詫異間，眼前的戰局再變，第三隻金甲屍一咬牙，舞起手上的長鞭，纏上了少年H，但同時間，身為殭屍四將軍的廉頗，已經忍不住了。

「讓開。」廉頗全身的鬥氣陡然提升，而身上那一圈又一圈的荊棘更是陡然暴長。「用拳高手，請接我這招吧。」

請接我這招吧！

廉頗的聲音才到，他身上所有的荊棘已經盡數集中到了他的手肘。

變成一大團銳利而堅硬，恐怖的超大狼牙球。

然後廉頗一躍而起，手上的狼牙球，由上而下，朝著少年H直砸了下去。

這荊棘狼牙球，集合了廉頗全部靈力與全身肌肉的力量，紮實的力度加上荊棘本身的銳利，堪稱廉頗的全力一擊。

少年H仰頭看著狼牙球，連帽下一個興奮的笑容，竟慢慢勾起。

「這拳有點意思了。」笑容中，帶著濃濃的武者期待，只見他馬步微蹲，左拳收於腹部的一側。

這一動作雖然不起眼，但氣勢卻宛如泰山崩頂，絕對是猛招出擊的前兆。

「這樣的出拳姿態？」廉頗見狀，心中一驚，因為他想到了一個人。

就是那個人，以剛猛無儔的拳勁，從古代的日本威霸到現在的地獄遊戲，更曾經是少年

H最可怕的宿敵之一。

然後，就在廉頗荊棘狼牙球墜下的同時，那人的直拳也擊了出去。

直拳，硬漢肌肉與荊棘組合的狼牙球。

這一剎那，竟是沒有半點聲音。

一切彷彿慢動作的默劇，以少年H的拳頭為中心，荊棘叢開始往下逐漸凹陷……但凹陷到了極致，卻露出了一隻手肘，這肌肉如鋼鐵的肘擊，才是廉頗隱藏在後真正的武器。

「高手請小心。」廉頗怒笑，「這手肘才是我的真正殺著。」

肘擊，碰上了拳頭。

拳頭退了，已經被荊棘消耗部分力氣的拳頭，被逼退了。

少年H才退，廉頗乘勝追擊，一個急速旋身，另一隻手的手肘，宛如深夜中突襲的砲彈，再度攻向少年H的臉。

「好。」少年H眼睛綻放冷光，往後一倒，同時間另一拳也跟上，由下往上，擊上了廉頗的手肘。

拳力強橫，將廉頗的手肘砲彈，往上擊偏了兩公分，就這兩公分，讓肘擊驚險擦過少年H的鼻尖。

雙方這一來一往的對決，快狠絕倫，一直到攻守已然完成，聲音，才像是猛然驚醒般，追了上來。

轟。

荊棘被拳風揍碎的爆裂聲，拳頭的風壓被肘擊擠開的呼嘯聲，還有少年H仰頭避開時的那聲「好」。

聲音剛落，少年H算是居於弱勢，但廉頗的表情上不但找不到欣喜，反而是異常的古怪。因為，就在他與少年H，肘與拳驚險交錯的那一瞬間，他看見了連帽下的真面目。

怎麼回事？帽兜下的人，根本就不是他！

根本就不是從濕婆手底下活著出來的送貨人，根本就不是獵鬼小組的最後一張王牌，根本就不是從地獄列車開始就貫穿全文，總是帶著微笑戰鬥的……

少年H！

不是少年H？那少年H究竟在哪？他沒來？還是他用其他的方式來了？不可能，這裡沒有半點交通工具靠近！他唯一可能的交通工具，就是那台計程車……

那台計程車……

廉頗像是驚醒般，猛然轉過頭，看見了門口的那台計程車。

它沒有走？它還停在原地？

照理說，計程車的司機將乘客載到目的地之後，總會急著呼嘯而去，去搶下一份生意，但這台計程車卻完全不是這麼回事！

司機不走？為什麼不走？

不走的原因，難道表示……司機也下車了？

所以那司機才是……

「原來如此！兵法中有招叫做虛者實之，實者虛之！」廉頗仰頭大笑，「不愧是張天師，此招真高，真是太高了，竟然叫乘客化裝成自己，而自己假扮成司機！」

「只是……」廉頗眼睛看向假扮的少年H，「要假扮少年H，你也絕非等閒之輩，你，究竟是誰？」

「我？」眼前的少年H咧嘴一笑，手一抓頭套，用力扯下。「我只是一個和你一樣，熱愛戰鬥的人啊。」

這一扯，假少年H終於露出了他的真面目。

這一刻，廉頗沒有怒，反而笑，因為他喜歡這個答案，就算這是一個錯誤的答案，他也喜歡。

因為眼前這人身材壯碩，俐落的三分頭，一身橫練霸氣，他的確不是少年H，但他是曾讓少年H多次陷入苦戰的拳法高手。

少年H的宿敵，僧將軍。

「很好，非常好，果然是你！僧將軍！」廉頗看著僧將軍，興奮的笑著。「坦白說，我由衷的感謝少年H。」

「喔？怎說？」僧將軍昂然的說。

「因為你，是足以一戰的高手啊。」廉頗此刻的鬥氣再度噴發，竟然比剛才更猛烈，宛如一座沉睡百年的火山，正吞吐著足以覆滅大地的白氣。

「是嗎？對於這狀況，我只有兩個字而已。」僧將軍的腳步蹲成馬步，再次把拳頭收入腹側，同樣是氣勢驚人的起手式。「同意。」

「那，」廉頗仰頭一吼，往前奔去，同時間他的肌肉肘子，如一枚滿載火藥的重型飛彈，對著僧將軍的腦袋搥了下去。「我們就用這不足的三分鐘……分出高下吧！」

「還是那兩個字。」僧將軍的拳頭也揮出，又是一枚兇狠的飛彈，在滾動的火焰熱氣中，直射向廉頗。

「同，意。」

這一幕，宛如兩枚同樣裝載著驚人火藥的飛彈，從地平面兩頭升起，然後在空中準確的碰撞。

天空中的一切光芒，都將被這兩枚飛彈的爆風給遮掩。

太像了，這兩人。

同樣的剛強，同樣的赤手空拳，而且都是同樣來自古老戰場的硬漢將軍。

他們因為少年H而湊在一起，這場戰鬥的背後，藏著珍貴的武者緣分，一如當年的鍾馗與吸血鬼舅舅，能遇到類型相似又勢均力敵的武者，往往是孤單的百年地獄歲月中，最值得珍藏的回憶。

只是，少年H呢？

他，成功假扮成計程車司機潛入了台北火車站，此刻又已經推進到哪了呢？

進來了，少年H的確是進來了。

但他的腳步，卻停在台北火車站，往下通往月台的手扶梯之前。

時間，剩下兩分零四秒，眼前沒有半個人阻止他，但他卻停下了腳步，凝視著空洞的前方。

「你來了。」少年H宛如在跟空氣對話。「長官……不，也許我該稱你為，前長官。」

長官？誰能讓少年H稱上一聲長官？

順著少年H的目光焦點，放大，放大，再放大，就可發現到那不斷捲動的手扶梯上，一隻微小的昆蟲正停在上面。

牠有千枚小眼組成的複眼，雖沒有一般昆蟲的兩對翅，但只憑一對翅膀，卻能隨心所欲的起飛降落，宛如昆蟲界的響尾蛇直升機。

而且，看似毫不起眼的牠，是人類衛生史上，永遠無法擺脫的一個惡夢。

牠是，蒼蠅。

蒼蠅橫在手扶梯的正前方，散發出與牠體型完全不對稱的巨大氣勢，宛如一頭飢餓猛獸，與少年H狠狠對峙。

「你也要阻我？」少年H淡淡一笑，一貫輕鬆寫意，彷彿沒有即將到來的三分鐘期限。

蒼蠅嗡嗡兩聲，似在同意。

「若我硬闖呢？」

蒼蠅先是沉默了半晌，然後陡然嗡的一聲，明明只是翅膀震動，卻宛如山林中猛虎咆哮，怒吼化成實質的風，吹得少年H頭髮飛揚。

「看樣子，你的答案很肯定，就是不打算給我過了。」少年H理了理被風吹亂的頭髮，微微一笑。「蒼蠅王不給過，嗯，事到如今，也該輪到『你』出馬了吧？」

也該輪到你出馬了？

是誰？難道還有人在這裡？

突然間，少年H的面前，距離他鼻頭零點零一公分處，一道鋒利絕倫的薄白光芒落了下來。

白光落地，堅硬的大理石地板竟如同豆腐般，被無聲無息的一插而入。

白光插入地面，同時露出了真面目，竟是一把刀。

一把樸實，卻霸氣凌厲的刀。

「昆吾刀。」少年Ｈ眼神閃過一絲激賞，「山海經中，昆吾山乃生產兵器聖山，諸多影響歷史之重大兵器皆出自於此山，而這把刀能以此山命名，更是聖山所鑄的最強一刀……」

少年Ｈ往前走去，輕鬆繞過昆吾刀，再低頭避開那隻停在空中的蒼蠅，自顧自的搭上了往月台的手扶梯。

無論是昆吾刀，或是蒼蠅，兩者都沒有阻止少年Ｈ。

或者說，兩大強者彼此牽制，竟無暇再顧及少年Ｈ。

「這蒼蠅，就交給你來負責囉。」少年Ｈ的背影順著手扶梯，不斷往下降去，只見他揮了揮手。「人比刀還霸的黑桃Ｋ，項羽兄。」

刀沒回應，但一閃而過的刀光已經回應了一切。

刀的主人與蒼蠅的本體，這兩個在地獄同屬帝王級的強者，百年前沒交手的遺憾，就要在此處被實現了。

只是，少年Ｈ才走幾步，那隻蒼蠅卻回過頭，對少年Ｈ嗡嗡了兩聲。

蒼蠅，似乎對少年Ｈ說了什麼。

只見少年Ｈ腳步微微停頓，一個深呼吸。「也許真如你所說，若往前走，我的下場真是如此，但這是承諾，也是必經之路啊。」

這是承諾，也是必經之路啊。

少年H說完，蒼蠅嗡了長長的一聲，似乎長嘆了一口氣。

隨即，蒼蠅慢慢下飛，然後六腳往下一撐，落了地。

只是沒想到，那纖細到需要仰仗放大鏡才能看清的六隻細足，方一落地，整個台北火車站的一樓，竟然，微微的晃動了一下。

蒼蠅王的力量，在項羽之前，終於要真實展現出來了。

「好可惜。」少年H隨著手扶梯慢慢下降，他沒有轉頭，只是淡淡微笑，「趕時間，不然應該留下來的，這場對決……」

就在蒼蠅落地之時，那纏著破爛麻布的昆吾刀柄，已經被一隻大手握住。

這隻手很粗很大，上面佈滿各種疤痕，一看就知道，這是一隻曾經歷無數血戰洗禮的手。

「我之所以忍到現在才出手，就是為了等你……」那隻大手的主人項羽，已然現身，他低聲說，「因為只有你夠格，讓我親自出手。」

這一秒鐘，少年H依然沒有回頭，但他的背部肌膚上，卻豎起一粒又一粒的雞皮疙瘩。

因為刀氣。

他背後的刀氣，宛如強烈地震後的海嘯，瀰漫了整個台北火車站一樓。

「這場對決……」少年H搔了搔頭，嘴上掛起微笑。「就像當年地獄列車上，德古拉與亞瑟王的對決一樣，肯定精采無比啊！」

時間，僅存一分二十秒。

火車站月台處。

昏迷的法咖啡，將她的頭枕在阿努比斯的膝上，輕輕的呼吸著。

「完全看不出來女神已經到極限了……」一旁的吸血鬼女注視著法咖啡，「她就像是熟睡一樣。」

「這就是女神。」阿努比斯看著法咖啡，眼神透露著複雜的溫柔。「她始終都是這樣，如白雪般純淨，如玄冰般寒冷。」

「所以你才最怕她？」吸血鬼女想起傳說中地獄列車上二號車廂的血戰，阿努比斯與小丑牌對決。

小丑的能力是喚出人內心最恐懼的人事物，但在阿努比斯面前，小丑卻吃了大虧，原因就是阿努比斯恐懼的源頭正是女神，小丑再狂妄，也無法喚醒「神」這樣絕對的存在。

於是，小丑全面潰敗，讓阿努比斯挺進到最後的車頭。

「呵，最怕的人啊……」阿努比斯苦笑了一下，沒有回答這個問題。

「你說女神總是冰冷，她從來不曾激動過？」吸血鬼女看著阿努比斯，對於這個少話的男人，她露出罕見的好奇心。

「幾乎。」

「幾乎？」吸血鬼女正要繼續追問。

這時，貓女的聲音卻從後方傳來，打斷了兩人的談話。

「有，她曾激動過，但那是太久以前了，已經久到屬於古埃及年代了。」貓女雙手抱胸，一雙明媚的黑眼珠，看著躺在地上的法咖啡。「我記憶中，只有那麼一次，唯一的一次。」

「只有一次嗎？果然是如冰雪般的女神。」吸血鬼女點頭。

身在地獄，其實每個人都有自己的故事，而阿努比斯、貓女、女神，以及那個被黑榜封為梅花A的「賽特」，似乎共同擁有一個故事，一個源自古老埃及的故事。

「而那一次是——」

但就在這時，一個尖銳咆哮聲，截斷了所有人的談話。

那是白起憤怒的叫囂。

「你們還敢打屁聊天！你們這些獵鬼小組！你們的女神距離死亡只剩下一分多鐘，你們還有心情聊天？」

「聊天？」貓女和吸血鬼女互望一眼，忍不住一起笑了出來。

「笑個屁！你們竟然還笑得出來！我真的搞不懂你們啊！你們幾個都已經沒有戰鬥力，少年H就算僥倖過了廉頗、蒼蠅王這幾關，可還有我！」白起咬牙切齒的說，「你們這麼輕鬆是怎樣？徹底放棄了嗎？」

「才不是放棄。」貓女輕鬆的笑著。「是因為我們很有信心。」

「信心？」白起五官扭曲。

「是啊。」貓女笑了，表情中是自信與得意。「因為送貨來的人，是少年H啊。」

因為送貨來的人，是少年H啊。

「少年H……」白起牙齒咬得格格作響。

「你想想看，如果連濕婆都殺不死H，那H怎麼可能會因為這點小事而遲到？」貓女甜甜笑著，「甭操心啦，他是H呢。」

「屁！你……你們……」白起內心湧起一股無法言喻的怒氣，極怒的氣充塞著他腐敗的腦漿，會憤怒，是因為連他自己的內心，竟然都開始產生一絲懷疑……

懷疑少年H可以平安抵達這裡…………站在白起面前，用聖甲蟲讓局勢逆轉。

「放屁！不可能！不可能啊！」白起怒吼著，全身靈力暴漲，化作一陣又一陣不祥的屍氣，往四面八方擴散出去。

他要爆發，他要用全身屍氣的爆發，來壓抑剛剛腦海中一閃而過的恐懼。

而就在白起抓狂爆發的同時，他發現自己的屍氣受到了阻礙，沒錯，就在手扶梯前，像是撞到了一道牆，被猛力反彈回來。

白起眼睛大睜，他看見了膽敢阻擋屍氣的那個人。

帥氣的運動外套，一雙運動球鞋，笑起來溫暖且帥氣。

這個人，這個人……白起又驚又怒，正要說話，他的背後一個柔媚女音就搶先開口了。

「你終於來啦！H。」那女音正是貓女，她甜甜的笑著。「等你好久哩。」

「抱歉，」那人舉起右手，比了一個抱歉的手勢。「來晚了啦。」

他，果然是少年H。

這次，他一個人，沒有僧將軍當作替身，更沒有項羽的護航，他就是一個人，大無畏的來到台北火車站的月台。

他來，是因為這裡就是「約定之地」。

與老友阿努比斯的約定之地。

「果然是你！少年H！」白起怒極反笑，「但只剩下最後五十秒，你能做什麼？你還能做什麼？」

「我還能做什麼？我當然來送貨啊。」少年H怡然向前，完全無懼正在咆哮發怒的白起。

「我會讓你成功嗎？就讓你見識我白起真正的實力！」白起冷笑，雙手爪子暴長，指尖凝聚詭異的慘綠色光芒。「抽，魂，換，屍。」

「抽魂換屍？這不是把人變成殭屍的手段嗎？」少年H繼續往前，「你想抽我的魂？試試看吧。」

「把人變成殭屍的手段？你太低估我這個縱橫地獄的殭屍之王了吧。」白起咆哮著，雙爪卻陡然轉換了一個方向，不再往前，反而朝著自己的胸口心臟處，狠狠的插落。「告訴你，那只是抽魂換屍的前半段『抽魂』而已……」

「只是抽魂而已……？」這一插落，少年H微微皺眉。

因為少年H比誰都清楚，按照地獄強者們的慣例，越是傷殘己身，越是付出慘痛代價的招數，往往代表越是難以預料的強大。

白起將抽魂換屍的手段，用在自己手上，恐怕當真有幾分威脅性。

「抽魂換屍之，換屍。」白起的心臟傷口處，忽然冒出火焰，火焰像是地底猛然炸出的紅色噴泉，夾著滾燙的溫度，朝著少年H直噴而來。

少年H淡然一笑，微微矮身，閃過了火流，但火流才一落地，聲勢更是陡然增強，一層又一層的往外疊積，最後竟化成高聳且堅實的火焰之牆！

火牆宛如赤紅色的銅牆鐵壁，就這樣包圍了少年H，更斷絕了少年H與獵鬼小組間的聯繫。

少年H仰望著這一層疊著一層，浩瀚的火牆，他眯起眼睛，「這火牆中，有浩瀚的靈力隱含其中，不是一般的火焰，不過好怪，我怎麼好像看誰用過……？」

看誰用過？

奇怪的是，這樣困惑的表情，也出現在另一個人臉上。

她是地獄暗殺女王貓女，只聽到她嘴裡喃喃的唸著，「這種高密度的火牆？這種足以困殺任何強者的毀滅火牆？不就是差點讓我撐不下去的……**織田信長的本能寺之火嗎？**」

織田信長的本能寺之火？

「哈哈哈，屁的沒錯，你們猜對了！這就是本能寺之火！」白起獰笑，「我抽魂換屍的招數，不只能抽魂而已，我還能換屍，我可以竊取死者的能力，這就是我從織田信長魂魄中偷來的能力。」

「喔？」少年H眼睛瞇起，向來輕鬆態度的他，也瞬間皺起眉頭，沉思起來。

在他印象中，織田信長這招『本能寺之火』來歷驚人，當年織田信長稱霸天下，只差一步就可以統一全日本，卻在一場關鍵戰役中，慘遭部下背叛，最後命喪火城之中，這座火城就是本能寺。

也因為織田的死來自英雄的壯志未酬，與最親密的部屬背叛，兩大恨意在他死後融合，才會演變成他的絕招「本能寺之火」，而貓女更在這招下吃足了苦頭，差點命喪新竹街頭。

「見到這招，你還有辦法嗎？」白起狂笑，胸口的鮮血不斷噴出，落在地上立刻暴漲百倍，形成一波又一波火牆，足見這招也相當消耗白起的靈力。「你乖乖被困在火裡，度過最後的一分鐘吧。」

但，深陷火牆之中的少年H，皺眉卻只是一瞬間，隨即恢復慣有的悠閒神態。

「一分鐘要破這招的確不太可能。」少年H微笑著，慢慢張開了嘴巴。「但未必要破喔。」

只見少年H的舌尖上，一個太極圖形的靈力，正隱隱匯聚。

「你要幹嘛？」白起一愣。

「當然是說話啊。」少年H一笑，然後他舌尖的太極陡然破碎，碎片之間，一個巨大聲音，跟著爆了出來。

「但，送貨畢竟不是送命喔。」少年H的聲音透過靈力，穿過層層的火牆，在火車站每個角落迴盪著。**「我只要把貨送到，人未必要到吧？」**

只要把貨送到？人未必要到？

白起皺眉，這個屁少年H在說什麼啊？身陷火牆讓他精神崩潰了嗎？剩一分鐘讓他害怕了嗎？

「懂嗎？只要貨到就好囉。」少年H的聲音繼續迴盪著，被火牆隔在遠處的阿努比斯、貓女、吸血鬼女、狼人T，全部都聽在耳中。

「少年H，你說的話老子聽不懂啦！」這時，因為重傷而隱忍多時的狼人T再也忍不住了，他毅然站起，發出悲壯狼嚎，「老子決定了！要衝進火牆，把你接應出來！」

「別傻了。」一旁的吸血鬼女趕緊拉住狼人T，她眉頭緊鎖著，聰明絕頂的她，試圖解開少年H話中的含意，「H知道火牆危險，他才會傳音的，現在的你一進去，只會變成油滋滋的烤小狼！」

「那我們只能坐以待斃嗎？」狼人T著急的直跳腳，張口大吼。「吸血鬼女，妳不是最聰明？快想辦法啊！」

「坐以待斃？」吸血鬼女注視著火焰，「不可能，這不是少年H的風格，他一定想到什麼了。」

他一定想到什麼，不需要經過火牆，就可以把貨送到的方式。

而那個方式，肯定和他們幾個有關，不然少年H不會拚了命，用靈力傳出這幾句話。

「還是叫少年H把聖甲蟲丟過來？」狼人T急得開始轉圈圈，只差沒有去咬自己的尾巴。「如果不小心扔進火裡，聖甲蟲是女神的寶貝，不會燒壞吧？」

「不能丟。」吸血鬼女看著火牆。「這火牆是由非常扎實的靈力所組成的，靈力密度極高，就像是一道鋼鐵牆壁，否則不會成為織田信長的絕招，聖甲蟲恐怕穿不過來。」

「那怎麼辦？」狼人T大叫著，「吸血鬼女，平常妳不是老是臭屁自己最聰明，這時候怎麼不快點解開少年H的謎題啊？」

吸血鬼女望著火牆，皺眉苦思著，但除了破解少年H的謎題之外，另一個更大的疑惑，卻在這時不能控制的，慢慢浮現在她的心頭。

這疑惑並不顯眼，但卻處處透露著詭異的不合理。

從踏進火車站開始，先是廉頗，後是蒼蠅王，然後是白起，這三個人實力雖然強橫，但是以少年H領悟可視靈波後的實力，應該有與其一戰的資格，但他卻全部用計躲過，他在避戰？為什麼避戰？

他在保留實力嗎？為什麼到了女神即將甦醒的此刻，他還在保留實力？

他想保留實力做什麼？難道少年H還在怕什麼？

對方的底牌已經全部掀開了，少年H在擔心什麼？

除非，牌桌上還有其他的牌沒有掀開，而且這張牌讓向來胸有成竹的少年H感到戒慎恐懼。

這張牌是什麼？

少年H還怕什麼東西？

但吸血鬼女的疑惑，卻被狼人T焦急的大吼給掩蓋了過去，「快點想啊，吸血鬼女。」

火牆熊熊燃燒，吸血鬼女注視著火牆，忽然她說話了。

「我懂了。」

「妳懂了？」狼人T急忙把臉湊過去，「太好了，那是什麼？」

「我懂了一件事……那就是無論我怎麼想，都不會懂。」

「啊？妳不會懂？那妳說自己懂屁啊！可惡，我怎麼開始學起這臭殭屍講話？」狼人T已經急得語無倫次，差點沒兜圈圈咬自己的尾巴。

「不，我的意思是，少年H根本不是對我們說話，所以我一定不會懂……」吸血鬼女把臉慢慢轉向一旁的貓女。「少年H說話的對象，是妳啊，貓女。」

是妳啊，貓女。

貓女沒有回應吸血鬼女，她只是悄然站在這一大片火焰之前，姣好的面容在火焰照映下更顯豔麗。她看著火焰，似乎正在發愣。

「當真是這個方法嗎？……」貓女低語，「好像也只剩這個方法了啊。」

而就在同一時間，貓女的手隱隱泛起靈波的光澤，她要出招了。

她要出什麼招？

讓貨送到，而人不用到？

第二章　女神與殭屍王

時間，僅存不到十秒。

火焰熊熊燃燒，這片火焰中，發出尖銳刺耳怪笑的人，是白起。

「五秒，四秒，三秒，兩秒，一秒……」白起狂笑，「最後，火牆給我盡情的塌下吧！把少年Ｈ給埋起來吧！」

這一秒，高聳的火牆同時崩塌潰堤，宛如所有討海者的惡夢「海嘯」，一起朝著中心的少年Ｈ湧了過去。

數道高達數十公尺的海嘯彼此撞擊，翻湧，像極了數頭飢餓的巨獸一起撲向少年Ｈ，把他徹底吞沒，撕成碎片，一點殘渣都沒有留下。

「結束了！哈哈哈！終於結束了！少年Ｈ來不及了！女神死定了！」白起雙手大張，仰頭狂笑，尖銳笑聲在火車站月台中迴盪，久久不停。「我殺神了，我們殭屍殺神了，從此殭屍會成地獄中最壞、最惡，最令人聞風喪膽的惡棍集團了。」

只是，白起的大笑聲中，一個微弱的聲音卻同時響起。

啪，啪，啪啪，宛如輕輕的拍手聲。

「我殭屍一戰成名了，那些自以為聰明的吸血鬼族！那些自以為強壯的狼人族！還有快要絕種的龍族！全部都要臣服在我殭屍之下了！」白起雙眼閉著，恣意享受這一刻。「我贏了，地獄政府欠我們一大筆了。」

白起笑聲中，那細微的聲音，啪，啪啪啪，啪啪啪啪，慢慢的加快。

「嘿嘿，先是殺神，等蒼蠅王拿到了真正的實權，再來慢慢奪取他的權力，或者……把他變成我的殭屍吧！」白起閉著眼睛，完全沉浸在自己的瘋狂想像中，他很興奮，畢竟他剛剛幹下了一件足以扭轉地獄歷史的大事。

啪啪啪啪，啪啪啪啪啪啪，聲音越來越快，而且越來越密。

「這是什麼聲音啊？別人在開心自言自語，是誰在啪啪啪的亂拍東西？」白起皺眉，睜開了眼睛，瞪向聲音的來源。

當白起看清了聲音的來源，他腐敗的腦袋，沒有立刻做出反應，因為他突然明白了兩件事。

第一件事，就是那個啪啪啪的聲音，原來是一本古老大書，書頁被翻動的聲音。

第二件事，就是他死定了。

死定了。

因為，就連他那腐敗的腦袋，都可以輕鬆認出那本書的來歷……那是「死者之書」。

那是女神威震地獄的絕對武器，死者之書啊。

死者之書被翻開了，那不就表示……

「屁啦！屁啦！屁啦！」白起張開殘缺獠牙的大嘴，發出任性小孩大哭的哀號。「女神！妳不該醒過來啊！少年H明明沒把聖甲蟲傳過來啊！妳不該醒來！剛剛到底發生了什麼事？到底發生了什麼事？」

到底發生了什麼事啊？

少年H從火焰中傳給貓女的那句話，「**貨到，人不用到**」到底是什麼意思？

時間，回到五十秒前。

少年H深陷火牆之中，他將靈力匯聚於舌尖，說了這句『**貨到，人不用到**』。

然後，少年H坐下，他安靜的等待，因為他知道「貓女一定會懂」。

是什麼招數，能夠不受火牆、大廳，甚至一切空間的限制，只要把門打開，就可以吞噬一切，然後當操作者再把門打開，就可以從中取出自己所要的東西。

忽然，少年H感覺到乾燥熱燙的火焰之中，吹來一陣細微且清涼的風。

風來，所有火焰都微微傾倒，彷彿被風吸入，然後這一剎那，少年H笑了。

因為，她果然懂了。

「貓女。」少年H笑，「我就知道，妳一定會懂。」

此刻，出現在熊熊火焰中，將火焰與風一起吸入的，是一道精緻的黑色小門。

這小門黝黑無光，卻是一種超空間結界，它正呈現在少年H的面前。

「哆啦A夢的任意門。」

「真是厲害。」少年H看著這道門，面積不如以往那樣高達兩三層樓，而是約莫二十公分平方的大小，就像是一個手提包的開口，正對著少年H。「貓女，看樣子，妳又進步了，妳不但可以控制任意門的位置，更能輕鬆縮小任意門，這表示妳對力量的控制，又更精細了。」

此次的任意門面積雖小，但要吞入聖甲蟲卻已經綽綽有餘，而且以現在貓女的體力，也無法負荷巨型的任意門。

一次又一次瀕臨九死的貓女，似乎正開發她驚人的潛力，讓她在絕招的使用上，越來越得心應手。

「去囉。」少年H小心翼翼的從懷中拿出那隻聖甲蟲。「去找你的主人吧。」

聖甲蟲散發著綠光，在少年H手中閃耀著，然後聖甲蟲翅膀一振，輕盈的飛入了任意門之間。

嗡嗡聲中，小小的綠色身影消失在黑暗裡。

牠是最重要的貨物，如今要回到主人身邊了。

「來了。」另一頭，貓女身軀一震，因為她已經感受到聖甲蟲的能量，如大浪般湧入了自己的任意門之中。

畢竟是封印女神的三聖器之一，能量之充沛，讓這異空間的主宰者貓女，感受到神力的鼓脹與壓迫。

只是貓女卻沒有立刻打開任意門，她反而回過頭，對阿努比斯輕輕一笑。

這一笑，竟帶著無比複雜的感情，彷彿有些喜悅、有些驚恐、有些遲疑，還有一些令人無法猜出的故事。

「阿努比斯，我要打開了囉。」貓女輕聲說。「你……真的準備好了嗎？」

「當然。」阿努比斯看著貓女，又低頭看了一眼法咖啡，表情堅毅。「我答應她，會讓女神回來。」

「是這樣嗎？在那之前，我只希望拜託你一件事……雖然與我無關，但這是同為女性的請託。」貓女的眼神，移向了躺在地上的法咖啡，語氣溫柔。

「說吧。」

「女神與這女孩……法咖啡共同擁有身軀，但兩者靈魂力量強弱懸殊，女神的出現恐怕會對法咖啡造成傷害，但無論如何，都請你保住這女孩的生命與意識。」

「嗯。」阿努比斯看著法咖啡，緩緩嗯了一聲。

這一聲嗯雖然很輕，但在阿努比斯口中，卻已經是極為可靠的承諾。

「就算是對喜歡自己的人，一點點最後的疼愛吧。」貓女表情溫柔，彷彿想起了她與少年H共同經歷的點點滴滴，驚險但又溫暖的故事。

「貓女貝斯特啊，」阿努比斯看著貓女，忽然笑了。「妳變了。」

「喔？」貓女一笑，因為已經很久很久沒人叫她這個古老的埃及名字了，那是非常老的朋友才會記得的親暱稱呼。「是嗎？」

「妳如果早點改變，當年在埃及，我們就不會老是打架了。」阿努比斯淡然一笑，他沒說出口的是，比起千年前的冷酷妖媚的貝斯特，他更欣賞現在的貓女。「快點開始吧，時間快到了。」

「好，那我開門囉。」貓女眼睛閉上。

「來吧。」阿努比斯深吸了一口氣。

這一剎那，貓女的手一拉，這座縮小版的哆啦A夢任意門，順勢開啟。門後，一片純然的黑暗，正隨著門把後拉，慢慢顯現出來。

同時間，阿努比斯感受到身上另外兩項聖器，開始震動起來。它們是在呼喚，呼喚遲到的第三項聖器，宛如女神正呼喚著自己的力量，這股足以顛覆地獄的力量。

綠光，從任意門中陡然綻放。

在燦爛的綠光中，聖甲蟲飛出，夾著自身的猛烈綠光，與阿努比斯身上另外兩項聖器撞擊在一起。

三大聖器，象徵死者身軀完整的「烏加那之眼」，古埃及的神佑之力「安卡」，與最後一個登場、代表埃及最終的精神，無限輪迴的靈魂「聖甲蟲」，它們會合了。

數百年前，它們從阿努比斯身上分了出去，只為了保護最後的強者，伊希斯女神。

如今，過了數百年，它們在地獄遊戲裡頭，經歷了千百個險惡的故事，經歷了不同送貨人以生命保護的旅程，終於會合了。

三道綠色的光，湊成了一個絕美的綠色光環。

光環中，隱約可見一座雄偉的金字塔。

金字塔之中，正是雙目緊閉，有如在母親子宮中沉睡的法咖啡。

而阿努比斯也在這時將雙手張開，彷彿在擁抱著這座金字塔。

「聖甲蟲、安卡、烏加納之眼。我阿努比斯以聖器主宰之名，命令你們……」阿努比斯仰起頭，閉上眼，高聲吶喊。「解開女神力量之封印吧！」

把封印解開啊。

讓女神的力量回來吧！

綠色光環，瞬間炸開。

而金字塔也在這一秒鐘崩裂。

也在同一時間，所有人都看到，法咖啡的眼睛睜開了。

不，那已經不是法咖啡的眼睛了，那是女神的眼睛。

是祂。

祂的眼睛睜開了。

當女神睜開眼時，一件從未在地獄遊戲中出現的怪事，就在這時候發生了。

遊戲，竟然停住了。

停住了。

所有人的意識雖然都清楚的感受到時間的流逝，卻發現，遊戲中的每個風景、每台機械，甚至是這片熊熊燃燒的火牆，都在這一秒鐘，完全的停住。

就像是伺服器承受不住短時間湧入的資訊，瞬間 lag 了！

「怎麼會停住？」天使團的老大，程式設計高手錢爸，在此刻眯起眼睛，注視著遠方。

「好像電腦在……lag？」

所謂的電腦 lag，是電腦專業術語，講的是當一瞬間過大的資訊湧入電腦，超越了電腦能容納的極限，所出現的瞬間停頓現象。

如今，這個承載了無數魂魄神魔都可以自在運行的地獄遊戲，竟然因為一個人的力量被解開，而 lag 了？

這個人的力量，究竟巨大到什麼地步？

這個名為伊希斯的女神，究竟會為地獄遊戲帶來什麼天翻地覆的變化？

時間，退回到了現在，回到滿臉哭容，又叫又跳的白起身上。

「該死，這本書怎麼會被叫醒？」白起尖叫著，「你不該被叫醒啊！死者之書！」

那本死者之書，正浮在空中，快速的翻動著。

看見這本書，或者說，感受到書本所散發強大無匹的靈力，白起大聲尖叫，然後退了兩步。

這兩步，當真是來自白起的潛意識，宛如荒野老狼看見威猛雄獅時，那無法控制的原始恐懼。

「屁！屁！」白起發現自己連退兩步，急忙深吸了一口氣。「我是殭屍之王，怎麼可以輸了氣勢！」

只是，更讓白起憤怒的，卻不只是女神的書，而是所有人的眼神。

貓女的黑色眼珠，吸血鬼女的金黑色眼睛，阿努比斯的深黑透綠之眼，狼人T的濃金眼神，所有人的眼睛都看著自己，然後流露出一種情感。

這種情感，叫做憐憫。

所有的人，都在憐憫白起。

而白起認得這眼神，當年他為秦軍肝腦塗地，卻換得秦皇的一張「賜死詔書」，當時，所有的人也是用相同的眼神看白起。

憐憫。

一種「沒救了」的憐憫。

「屁！屁！屁！屁屁屁屁！」白起感到體內腐敗的五臟六腑都要因為憤怒與驚恐而燃燒起來，憤怒之際更有種想哭的驚恐，「別用這種眼神看我！當年該死的秦昭王！我為了你屠殺四十萬趙軍，讓你秦家得以一統六國！你怎麼對我？你派人殺了我！」

白起尖叫間，書頁仍在翻動，但速度似乎開始減緩，眼看就要停在某一頁上。

「我白起，身帶四十萬冤死魂魄來到地獄，經歷無數痛苦與淬鍊，終於當上了殭屍之王，我怎麼可能輸給妳！」白起整張臉都是青綠色的血管暴漲。

書還在翻，但速度已經越來越慢，就要停住了。

「讓妳看看我最後的絕招！」白起雙手高舉，放聲尖叫。「四十萬魂魄聽命，全部，給我過來！」

只見整個地獄遊戲中的殭屍都微微一頓，然後所有的殭屍同時張大了嘴，一條條慘綠色的光芒，順勢從嘴中衝出。

而正在台北火車站門口，與僧將軍交手的廉頗，雖然沒有被強取魂魄，但也是不禁停下了手，搖頭嘆息。

「用到這招了？」廉頗眼睛慢慢瞇起，然後嘆氣。「白起啊，已經到這步田地了嗎？」

四十萬殭屍大軍，四十萬驚人魂魄，開始從地獄各處不斷匯集，一個匯聚成兩個，慘綠光芒無論是體積或是亮度都提升了兩倍，兩個又匯聚成四個，四個又匯聚成八個……

魂魄越是匯聚，體積越大，顏色也更加慘綠……

這些魂魄宛如綠色的蝌蚪，游過台北火車站各個角落，不斷的湧向召喚他們的悲怒之王，白起。

而白起雙手高舉，兩隻手心之中，凝聚成一枚慘綠色圓球，只見越來越多魂魄湧入圓球之中，圓球也越來越大，裡面不斷浮現臨死軍士哀號的臉、憤怒的臉、詛咒的臉，還有更多的是，思念家鄉時悲傷的臉……

這些臉，凝聚出白起最後絕招的驚人力量。

四十萬是何等驚人的數目，到後來，那枚慘綠之球，已經巨大到壓至天花板，而且還在脹大，大到整個天花板都撲滿了魂魄。

那些魂魄都在哀號、都在憤怒、都在哭泣，都在發出讓人心魂蕩然的慘叫。

他們都是白起最後絕招的能量來源。

「女神，妳剛復活，加上這裡不是妳熟悉的埃及，這裡是地獄遊戲。」白起狂笑著，「面對這樣恐怖的力量，妳也只能乖乖化成一團屁而已吧！」

眼前，那本書頁越翻越慢，終於，書頁停住了。

同時間，一根纖細指頭出現了，搭在書頁上。

順著這纖細指頭，可以看到一個美麗純淨的少女，她的外表是法咖啡，但從那雙純淨天真的眼神看去，似乎又不是法咖啡。

然後，她微微一笑。

「我以為死亡之書會給你象徵希望的星星牌，但好像不是這樣呢。」女孩看著停下的那張牌，指尖優雅的抽出了它。

那是一輪火紅的太陽，灼熱的太陽。

「它打算以太陽之火，燒盡你的污濁。」

「屁！燒我們？妳也該看看我們這裡有多少人。」白起怒極，「四十萬冤魂之球，給我砸下去！」

全部給我砸下去啊！

這一剎那，白起的手往前一扔，四十萬驚人的魂魄，夾著令人心悸的尖叫與怒吼，夾著無數負面情感的臉，以壓倒萬物的瘋狂姿態，朝著古書與女孩，直滾了過去。

「四十萬啊？」女孩只是淡然一笑，「有趣，那就看誰的球比較大吧。」

女孩的手也往上托高，那是與白起有幾分類似的動作，而她的手心，也同樣出現了一顆球。

但這次的球略有不同，它閃爍著太陽般的紅白光芒。

太陽之球開始往外擴張，越擴越大，短短的幾秒內，不只是壓到了天花板而已，甚至往上頂去，連天花板都被它往上頂開，連帶一樓的地板也爆出一條條粗大裂痕。

到後來，那太陽之球甚至比白起的靈魂之球還大，大上了足足兩倍……三倍……甚至是五倍！

如此駭人的體積，看得白起的臉色慘澹無比。

「妳……」

「真抱歉，因為我是神。」女孩甜甜一笑，手已經往前推了出去。「你會輸的原因只有一個，那就是因為你找了一個神……當你的對手。」

剛說完，女孩的手輕輕一扔，火紅的太陽，就這樣正面撞上了巨大的慘綠之球。

沒有掙扎，沒有僵持，太陽輕輕碾過，靈魂之球就整個被壓扁，只剩下一大片的殘骸。

四十萬冤魂也在這一剎那，全部蒸發殆盡，連一聲哀號都來不及發出。

不只如此，太陽之球餘勢未衰，還持續滾動，朝著白起而去。

「屁。」白起閉上了眼，他想起了千餘年前，他收到秦昭王賜死詔書的那一刻，好悲傷，自己一生功績，竟然就這樣被當成了一個屁，一個徹底的大屁。

他為了秦國天下用盡心思，突擊、逆攻、圍剿、設陷、離間，用盡畢生之力，到後來甚至在秦王的首肯下，暗夜中埋了四十萬趙國降軍的性命，這一埋，徹底葬送了唯一能威脅秦國的趙國兵力，讓原本兵強馬壯的趙國從此一蹶不振。

他，白起，是打造秦帝國最偉大的英雄，但結果，卻是換來一紙處死詔書。

他不甘啊，不甘啊，不甘人生只是一個屁啊。

白起悲吼之際，太陽已經滾來，這一剎那，他感受到一股沉重的火燙，先壓到他的腳，雙腿登時被絞成焦炭，之後這股熱痛之感，綿延到他的腰、胸口，一直到他的腦部，他甚至分不清是重量將他壓碎？還是高熱讓他融解？

死亡過去，徒留下地板上一個焦黑的人形。

白起死了，這個企圖殺神的殭屍之王，就這樣化作一抹黑色炭粉，徹底的從地獄遊戲中被除名。

徹底的除名。

「哇，死了啊？」

通往台北的公路上，一個穿著藍白拖鞋，打扮輕鬆的男人，正騎著腳踏車，奮力往前邁進。

「誰死了？」男人旁邊的另一台腳踏車上，一個與之完全不相稱的美女，穿著運動短褲，展現迷人身材，轉頭問道。

「一個很臭屁的傢伙，剛剛被打掛了。」男人搖著頭，雙腳用力踩著腳踏車的踏板。「一招就掛了，好遜。」

在他們眼前，是一條坡度將近六十度的巨大陡坡，這條陡坡號稱好漢坡，不知道埋葬了多少騎車環島的鐵屁股，更不知道逼了多少鐵屁股被迫跳下腳踏車，牽著腳踏車走過這條路。

「是誰啊？」美女側著頭，迎面而來的風，幾絲長髮掠過臉上，又是豔麗又是迷人。「笨蚩尤。」

「是一個應該死了，但死得不夠透徹的殭屍王，好像叫白什麼的……」土地公抓了抓頭，「九尾狐啊，妳應該知道，我向來懶得記這種只登場一下子的C咖。」

「你說的是白起吧？他在中國歷史上屬於戰國，我屬於商朝，他算是我的後輩。」美女吐了吐舌頭，「他不弱欸，能一招送他回老家，嗯，難道是女神醒了？」

「是醒了。」土地公抬起頭，「而且還讓地獄遊戲當機了一下，靠，過了千年，這女孩一點都沒有退步啊？」

「嗯，話說回來，我一直想問一個問題。」美女眨著細長的單眼皮雙眼，注視著旁邊的男人。

「什麼問題？」

「如果是你，和女神打起來，誰會贏啊？」

聽到這問題，男人先是一愣，然後咧嘴笑了。

這一笑，竟然隱約看到他頭頂浮現巨大的銀色牛角，這是這男人的靈體本尊嗎？

「有什麼好笑？」女孩嘟起嘴，此刻的她不像有千年道行的老狐，反而像是遇到愛人，所以任性的女孩。

「我笑啊，雖然我很期待，但恐怕輪不到我。」

「欸？」

「因為如果象神的預言沒錯，她還有一關要過。」男人越說笑容也越大，兩排牙齒露出霸氣十足的獠牙，宛如一頭錘鍊千年的曠古猛獸。「那關就算是我，都不好過喔。」

「就連你都不好過？」美女睜大眼睛。

「火焰與書碰在一起，究竟是火焰燒了書？還是書拍熄了火？」男人不斷笑著，「真讓人期待啊！」

看著眼前這名不修邊幅，但先天妖氣卻直衝天際的狂者男人，這美女的眼神中，不經意的流露出崇拜之情。

綜觀整個地獄，能與伊希斯相提並論的神，只有三個。

扣掉眼前這個老是不認真的蚩尤，還有行蹤成謎的聖佛。火焰是誰？已經呼之欲出了。

只是想到這，九尾狐不禁納悶，聖佛呢？被公認為四神中最強的聖佛呢？他消失多年，究竟到哪裡去了呢？

那個自己還是小狐狸時，曾經救過自己一命的聖佛，究竟到哪裡去了？

地獄遊戲，台北火車站月台，女神與白起激戰的現場。

「白起死了？」

看見白起的死狀，少年H等人都沉默了。

白起出場時間雖然短，但他統領上萬殭屍，設下重重關卡，最後更以抽魂換屍之術，召喚了織田信長的本能寺之火，論實力，他絕對夠格登上十六強的K字輩。

但，在女神手下，他卻連一招都過不了，就整個被烤成黑炭。

連一招都過不了？究竟該說白起太弱？還是女神太強？

倘若這真是女神的力量，那未免也太恐怖了吧。

只見女孩慢慢收起了書，太陽也隨之消失，接著她看著眾人，露出了微笑。

這微笑有點羞怯，又充滿純真，與法咖啡幹練中充滿表情的笑容，截然不同。

但在這笑容中，所有人卻都感受到一股疏離感，彷彿看到了夜空中美麗的白月，白月雖美，卻讓人感到無法跨越的神聖距離。

「嗨，我是伊希斯。」女孩朝著所有人揮了揮手。

「嗨。」人群之中，只有狼人T傻傻的舉起了手，「女神妳好。」

「嘻，你果然和傳言一樣可愛。」伊希斯嘻嘻一笑，「你叫做狼人T吧？你好。」

「啊？妳知道……我的名字？」狼人T錯愕了，他雖然在地獄獸系妖怪中頗有名氣，但畢竟和女神的等級天差地遠，女神怎麼會知道他的名字？

「知道啊，狼人T，第一次登場在倫敦暗巷，屬於四大部族之一的狼人血統，而且身上流的還是狼族之王的血。」女神的聲音清脆優美，讓人聽起來好舒服。

「我？我是狼王後裔？」狼人T一聽，抓了抓自己的亂髮，「我自己的身世，連我自己都不知道……」

狼人T擁有狼王的血？那狼王呢？狼族向來以特立獨行和不合群著稱，原來他們之間還有一隻狼王，一隻足以統領這群荒野浪子的王？

只是，狼人T不懂的是，為什麼他從未聽過有這隻狼王的存在？是他太孤陋寡聞？還是狼王因為某種緣故，而消失在地獄之中？

「還有……嘻，你有喜歡的人吧？」女神看了看狼人T，調皮的說。

「啊，妳連這個都知道啊？」狼人T猛抓腦袋，他喜歡的女孩叫做西兒，那是一段在倫敦暗巷中，最慘烈卻也最豐富的歲月，也就是在那裡，狼人T與開膛手傑克打下了生平最慘烈的一仗。

而西兒也是為此喪命，只留下一顆充滿靈力的心臟給狼人T。

「當然啊，那女孩的愛，還是你的力量來源喔……」女神瞇起眼睛，「你還想再見她一面，對吧？」

「咦？妳連這個都知道……？」狼人T拚命抓腦袋，「那我會不會再見到她呢？」

「嘻嘻，會啊。」女神一笑，「但要看你願不願意付出『那個代價』。」

「啊！真的？什麼代價？」狼人T想再追問，卻見到女神已經搖了搖手。

「我不能再說了，天機不可洩漏，我又不是那個蚩尤，以提示劇情為樂。」女神把眼神轉向另一個人，「狼人T旁邊的，妳是吸血鬼女吧？」

「正是，見過女神。」吸血鬼女把手放於腹部，欠身鞠躬，比起狼人T，她更重視身分與禮法。

拘謹與精密，正是吸血鬼女的生存之道。

「別這樣多禮啦，吸血鬼女，嗯，妳是幾乎絕種的吸血B族後裔，被屠村之後，妳還被白虎精夫婦收養，生平志業是逮到血腥瑪麗。」女神如數家珍的說著，「這些年來辛苦妳啦，因為血腥瑪麗算是很棘手的人物。」

「無懼。」吸血鬼女語氣堅定。「無論多久，無論多遠，我都會逮捕她。」

「有志氣很好。」女神側著頭，露出神祕的一笑，「不過我怕當妳完成了這個志業，妳會後悔。」

「後悔？」吸血鬼女嗅到女神話中奇妙的意涵，皺眉追問。

「嘻，點到為止啊，對了，妳家的小女孩還好吧？」

「還好。」吸血鬼女沒有再說話，但這一秒鐘，她卻感到背脊有些發涼。

因為敏銳的她，已經捕捉到女神這些閒聊背後隱藏的深意。

她在示威。

她對白起時，已經展現了戰鬥的力量，而現在，她正在展現的，是另一種實力，那就是『情報』。

明明沉睡了百年，明明是高居地獄頂端的女神，卻能細數出狼人T與吸血鬼女的事蹟，連吸血鬼女盡全力保護的小女孩都知道？

這樣的女神，難怪濕婆與蚩尤都要忌她三分。

同時擁有實戰和情報兩種力量，可攻可守，可以弱擊強，更可掌握全局，讓自己立於不敗之地。

「妳要好好照顧那小女孩喔，她還滿重要的喔，尤其是妳答應過舅舅的那個願望。」

「嗯。」吸血鬼女沒有再說話，只是點頭，此刻的她只能盡力隱藏自己的驚恐。

連舅舅都知道？那自己的特殊能力，是否也逃不出女神的眼睛？

但女神已經把眼神移向第三個人，那人長髮嬌媚，正是貓女。「貝斯特……不，我現在該稱妳為貓女嗎？」

「叫我貓女吧，伊希斯。」貓女微笑。「喵。」

「妳果然不愛舊名字了，咦？」忽然，女神露出好奇的表情，往前走進幾步，專注的端詳著貓女的臉。

「幹嘛？」

「妳，不太一樣了欸。」女神瞇起眼睛。

「喔？」貓女露出古怪的笑，這句話，剛剛阿努比斯好像也說過啊。「哪裡不同呢？」

「以前的妳，像是生存在野外的貓，桀驁不馴，剽悍冷漠。」女神語音悅耳。「但現在的妳，卻像是家貓。」

「家貓？」貓女嘴角揚起。「所以我已經失去以前的鬥志了嗎？」

「不能這樣說喔，現在的妳光芒內斂，溫柔卻不失鋒利，我敢說，妳肯定在守護著一個重要無比的東西吧。」女神眼神中閃過一絲光芒。「現在的妳啊……一定比以前強好幾倍吧。」

「強好幾倍？」貓女一愣，這些年來自己變強了嗎？

從地獄列車到現在，她遇到了少年H，被關入極寒地獄，然後進入地獄遊戲，戰過織田信長、戰過呂布，更戰過曹操，還有許多地獄成名與沒有成名的高手，自己真的變強了嗎？

「現在的貓女如果生氣起來，絕對很可怕。」女神嘻嘻一笑，接著，她把眼神移向第四個人，同時也是一路守護著她、保護她的男人。

阿努比斯。

「你，辛苦了。」女神笑了，踮起腳尖，伸出纖細的小手，摸了摸阿努比斯的頭。

這是一幅奇異的景象，阿努比斯，這個擁有夜王霸者稱號的男人，竟會安靜的讓一個女孩摸著頭。

「今後，還要繼續麻煩你了。」女神甜甜一笑。「我最好的夥伴。」

「嗯。」阿努比斯淡然一笑。

彷彿這一切辛苦都沒什麼，沒什麼值得高興，卻也沒什麼好憤怒的。

保護女神，一直是他千年來最固執的任務，更是他存在的理由。

「然後，還有一個人……」女神收回了手，慢慢的轉過頭，看向背後的火牆，幾道本能寺之火仍燒著。

此刻的火牆失去了白起靈力的支撐，已經是強弩之末，變得衰弱且零星，不復當時的狂妄氣勢。

而火焰的核心，一個少年身影慢慢站起。

本能寺之火，果然沒能傷到他。

少年H，他還活著。

獵鬼小組兵分四路以生命送貨的慘烈戰役，終於到此刻完成了，而且更重要的是，四個人都活著。

狼人T、吸血鬼女、貓女，到最後一人少年H，全部都活著完成了任務。

「參見女神。」少年H單膝跪地，火焰烈烈，將他的身影照得忽明忽暗。「獵鬼小組這趟送貨任務，幸不辱命。」

「好一個幸不辱命，少年H，中國武術高手，獵鬼小組第五號。」女神注視著火焰中的少年H，嘴角揚起一個美麗的弧線。「來自中國宋朝的高手，一碗水一把劍是古往今來難得的好招數。」

「是。」

「從地獄列車開始，你與阿努比斯兩人攜手合作，守護三項聖器，抵抗濕婆眾高手的突襲，我要和你說謝謝。」

「您客氣了，女神。」

「另外，我還有一件事，要特別謝謝你。」火焰的風呼呼的吹著，女神輕柔的攏起頭髮，然後一個俐落的繞圈動作，長髮立刻被紮成清爽的馬尾。

「嗯。」

「不只是謝謝你帶來聖甲蟲。」女神悅耳的聲音說著，「更要謝謝你出現在我面前。」

「喔？出現在妳面前？」火焰中，少年H的頭微微抬起，一貫輕鬆的微笑，但這笑容中，竟帶著一絲無懼生死的豁達。「怎麼說？」

「因為，你是排第一號喔。」女神閉上眼睛，馬尾隨著她頭顱的擺動，也輕輕的晃動著。

「第一號什麼？」少年H臉上依然是那豁達的微笑，彷彿他早已猜到女神下一句話是什麼了。

「我復活之後，第一號要殺的人啊。」

第一號要殺的人？

這一剎那，書，展開了。

死者之書，在女神面前展開了。

曾經以一招就殺敗殭屍之王，象徵女神最強力量的「死者之書」打開了。

「是嗎？」火焰中，少年H面露微笑，彷彿早就預知了這個時刻。「唉，我之所以不喜歡蒼蠅王，就是因為……只要是遇到倒楣事，他就料事如神啊。」

這一秒鐘，正騎著腳踏車在新竹天空飛馳的土地公，搖了搖頭。

「幹嘛搖頭？」九尾狐側頭問。

「有點太狠囉。」土地公嘆氣。

「嗯？」

「就算妳是伊希斯，這樣做也太狠囉。」土地公苦笑。「這叫做什麼……過河拆橋嗎？」

九尾狐看著土地公，眼神閃爍，她似乎已經明白，伊希斯究竟在上一秒，做了什麼讓蚩尤這個大惡棍都會搖頭的事了。

第三章　女神與獵鬼小組

台北，月台上。

女神面前，死者之書優雅展開，書頁從快速翻動到逐漸停止，最後，停在一張有著劍的牌面上。

「你抽中的，是正義。」女神淡然一笑，「所謂的正義，是一把維持平衡的劍，為了平衡，你必須死。」

「為了正義，我必須死嗎？」少年H淡然一笑，同一時間，劍離書而起，然後冷光一閃，消失了。

少年H眼前的火牆，突然顫動了一下。

然後少年H微微低頭，看見自己的胸膛赫然多了一把劍柄。

而劍柄以上，鋒利絕倫的劍刃，完全沒入了少年H的胸膛。

「好劍。」少年H苦笑。「或者說，是一張好牌。」

「嗯？」女神眼睛瞇起，她感到微微詫異，因為在她的情報中，少年H雖然不至於威脅到自己，但也是一代高手。

怎麼會這麼輕易的被正義之劍插入，而毫無反抗能力？

但女神的詫異，沒有維持一秒，因為馬上被另一個憤怒的尖叫所打斷。

「伊希斯，妳在做什麼！」

女神回頭，映入她美麗瞳孔上的，是快如閃電的，貓女。

貓女以超乎想像的速度，躍過阿努比斯與吸血鬼女，高舉鋒利雙爪，朝著女神的背部，直削了下去。

「貝斯特，別這樣。」女神回過頭看著貓女，她沒有任何反擊的動作，只是淡淡一笑，「妳知道和我打的下場。」

妳知道和我打的下場。

下一刻，等貓女意識到，她發現自己已經停止了動作，甚至在地上打了個滾，避開了女神。

這是本能，這一剎那間，屬於貓這種動物的靈敏直覺，地獄頂級殺手的天賦，或是錘鍊千年的戰鬥經驗，三者同時壓抑了暴怒的貓女，逼她退離女神。

因為本能告訴貓女，這一出手，會死。

百分之百的會死。

「可惡！別管我！笨蛋本能！」貓女雙目盡是眼淚，發出尖吼，右爪在左手臂上劃了一刀，鮮血直流的劇痛中，貓女竟強行壓住自己的本能，再度朝著女神的脖子，劃了下去。

貓女怒了，她真的怒了。

但貓女的暴怒行動卻沒有完成，因為一雙強壯的手臂已經攔腰將她抱住，阻止了她的瘋狂，她一轉頭，看見了一雙熟悉的胡狼之眼。

胡狼眼中，更是強壓住悲傷的堅毅。

「阿努比斯！」貓女怒吼，「你幹嘛阻擋我！」

「因為她是女神，我不能讓任何人傷害女神。」

「混蛋，H不是你兄弟嗎？」貓女憤怒，身軀扭動，靈巧的她，轉眼就要掙脫阿努比斯強壯的雙臂。

「是。」阿努比斯在這一剎那，閉上了眼，用一個貓女幾乎聽不到的低音說了一句話，「就是我兄弟，我才不能讓他要守護的女孩送死。」

「你……」貓女一愣。

「聽我的。」阿努比斯低語。「別過去，妳知道女神的力量。」

「可是……」

就在貓女與阿努比斯糾纏之際，另一道壯碩黑影已經衝了出去，他雙爪雖然沒有貓女快，卻更粗大，更是佈滿戰鬥後的傷痕。

他是狼人T，憤怒的狼人T。

「妳這臭女人，我們這麼辛苦把東西送來，讓妳復活，妳這樣殺我兄弟！」狼人T吼著，完全不顧自己已經精疲力竭的身軀，揮舞雙爪逼向女神。

「嗯，所以我和少年H說過謝謝了啊。」女神馬尾輕甩，轉過頭，看向狼人T。

而她的手心，死者之書，再度開始翻動。

「這是什麼歪理！」狼人T氣得青筋暴現，爪子轉眼間已經到了女神的腦門。

而書也在這時候停止了翻動……

但在這一剎那，狼人T的心臟猛然一縮，這是西兒的心臟，她在害怕？和自己多次並肩作戰的心臟，竟然會害怕？

「這一張牌，叫做力量。」女神輕輕說，「狼人T，你的力氣雖大，但遇到這張牌，可要小心囉。」

只見這張牌上畫著一頭萬獸之王獅子，牠張大著嘴，滿嘴獠牙透露著令人畏懼的氣勢，但奇異的是，牠的旁邊卻是一名纖細女子正伸出手指，撫摸著獅嘴。

猛獸與女子，強與弱，原始與文明，兇狠與溫柔，兩者竟形成一種強烈的對比。

這就是力量的牌面定義？

「什麼？力量牌？」狼人T的狼腦，還沒能理解這句話的涵義，他的身體，就率先感受到牌的威力。

一股無形的力量，宛如一堵堅硬無比的牆，朝狼人T直直湧來，突然，狼人T見到自己伸在前方的爪子突然一痛，爪子竟像是撞到了什麼東西，迸裂成數塊。

而且，更恐怖的還在後頭，無形的力量之牆還在推進，狼人T的爪子碎盡後，食指跟著反向彎折，啪的一聲，手指更在劇痛中應聲折斷。

「等等……」狼人T痛得齜牙咧嘴，「這是什麼東西啊，我是要怎麼和透明的牆壁打架啊？」

透明的力量之牆來得比狼人T想像中更快，甚至才剛升起要後退的念頭，他的五指就同時折了，接著手腕扭曲碎裂，連手臂都開始感到一股強烈的擠壓感。

連手臂都快斷了？狼人T發現自己根本無法退，短短的一瞬間，自己就要被這股牆給壓碎。

狼人T表情驚駭，他生平經歷過的險戰不算少，地獄列車中貓女的九命復活，孔雀王的爆炸羽毛，甚至是李牧馳騁豪放的戰鬥，但這些都比不上此刻令狼人T驚恐。

此刻的狼人T，了解了一件事，那就是……

懸殊。

一種宛如天與地，小螞蟻與人類，那種絕對的懸殊，正如他與女神之間的差距。

「這就是神的力量嗎？」狼人T苦笑，他感覺到透明的牆仍在推進，就要讓自己化成肉醬。

「靠，和神打架，真的一點樂趣都沒有，一下子就結束了。」

而就在狼人T無奈的看著牆逼近……一雙黑色翅膀卻陡然降臨，強大的旋風包圍住狼人T，順勢把他整個往後扯開，扯離這駭人的力量牌範圍。

「你也放棄得太早了吧，笨蛋。」這聲音，正是一個令狼人T最放心的夥伴，堪稱獵鬼小組中最冷靜的女人，吸血鬼女。

「什麼笨蛋？妳自己去碰那力量看看！」狼人T大叫。

「我不會像你這麼衝動，讓自己置於如此危險的地步。」吸血鬼女靠著雙腳勾住狼人T，雙翅拍動，浮在月台的上空。「在與女神戰鬥之前，我們得搞清楚發生了什麼事？」

狼人T的右爪整個報銷，雖然復原力超強的牠，一段時間後就會復原，但也痛得他咬牙切齒，「還有什麼事？這女神不守信用，殺了少年H。」

「沒錯，女神，我們要請教妳！」吸血鬼女壓抑著內心的激動，目光炯炯，瞪著女神。「我們獵鬼小組哪裡得罪妳了？我們為了讓妳復活，經歷了多少場血戰，熬過多少次生死交關，為什麼妳一復活，就要殺我們的組員……少年H！」

女神沒有立刻回答這問題，只是睜著一雙美麗的眼睛，靜靜的看著吸血鬼女，然後又看了狼人T，再掃過貓女。

「你們不懂。」女神嘆了一口氣，手一收，剛剛差點將狼人T碾成肉醬的「力量」之牆，頓時停住。「這是為了正義。」

「正義？」狼人T露出滿嘴獠牙，「別用這種狗屁道理唬我們！」

「呵，狗屁道理嗎？」女神輕嘆了一口氣。「你們覺得，什麼才叫正義？」

「正義？」狼人T就算身受重傷，身上火氣仍絲毫不減。「那就是……壞人受到懲罰！好人得到獎賞！」

「對，那你要怎麼定義壞人與好人？」

「呃。」狼人T一呆，「害別人的人，就是壞人……」

「害別人的人，就是壞人嗎？」女神語氣溫柔。「如果我說，少年H若不死，他會害死很多人，那他是不是就是壞人？」

「呃……不對不對，」狼人T抓著頭上的毛，直線條的他，已經逐漸混亂了。「少年H哪有害很多人？」

「會。」女神看著狼人T，眼神溫柔，彷彿在教誨著叛逆的小孩。「少年H若不死，地獄遊戲的爭霸就會持續進行，而且甚至會擴展到現實世界，會有很多很多的靈魂死亡。」

「為什麼……妳會知道？」狼人T語塞了。

「還用說嗎？」女神微笑。「因為我是神啊。」

這一秒鐘，狼人T發現自己相信了女神，因為她是神，她說的話不會錯，但狼人T卻仍感到不對勁。

因為這樣的理由就殺少年H嗎？這樣對嗎？

「不對。」吸血鬼女語氣冰冷。「女神，容我反駁您。」

「請說。」女神目光移向吸血鬼女。

「您是如何知道少年H會讓戰鬥持續的？」吸血鬼女看著女神。

「要說故事，就很遠了。」女神歪著頭，「妳知道千年前，我們四個人曾聚會嗎？」

「四個人？」

「聖佛、蚩尤、濕婆……還有我啊。」女神淡淡的說，「我們四個因為一件事而聚在一起。」

「啊？」吸血鬼女一愣，這四個人不就是當今地獄最強的四個人嗎？他們聚會？為了什麼事讓他們聚會？

「因為我們看到了一個東西誕生。」女神表情嚴肅，「也就是你們現在身處的地方。」

「妳是說……」吸血鬼女何等聰明，她眼睛一轉，就猜出了答案。「地獄遊戲……」

「正解，果然是獵鬼小組的軍師，也難怪妳舅舅會以妳為榮。」女神說，「地獄遊戲的雛形當時正在慢慢誕生，這東西擁有極為驚人的能量，連我們四個人都感到驚訝，甚至……足以威脅到我們的存在。」

「威脅到你們的存在？」眾人同時疑惑。「那就是威脅到神的存在……」

「地獄遊戲是什麼？」女神說。「你們覺得呢？」

「就是一個虛擬遊戲，每個人都會撿到道具，然後打來打去。」狼人T率先發言，對女神的問題，他向來是最有反應的一個。

「地獄遊戲剛進來的時候，會許下宿願，」吸血鬼女歪著頭，此刻的問題，她也問過自己很多次。「所以它能實現願望。」

地獄遊戲到底是什麼？

它能實現願望，所以從人類到神魔，都情不自禁的湧入這裡，而這裡到底是什麼？它憑什麼可以實現這些願望？

「它是一個不該出現的世界，但它出現了。」女神苦笑了一下，這是她從復活之後，首次出現苦惱的表情。「在地獄遊戲中，普通的靈魂都可以透過道具，去擊敗強大的妖怪，而更讓人吃驚的是，當它不斷匯聚靈魂與神魔的欲望，能量也隨之強大，而當它能量越強大，就越有實現願望的能力。」

「越有實現願望的能力……」狼人T皺眉，「那又怎樣？」

「因為，連身為神的我們四人，都未必能做到如此地步，一個遊戲竟然可以做到？」女神嘆氣。「妳知道這代表什麼？」

「代表什麼？」

「若有人的欲望是殺神，搞不好地獄遊戲都會幫他實現。」女神搖頭，「若那人的願望是更可怕的……毀滅世界呢？」

「啊？」眾人悚然一驚，地獄遊戲真的能實現所有願望？那若真的有人的願望是毀滅，那地獄遊戲真的會為他實現嗎？

「而神之所以產生，往往代表著一個信念的極致，或是一個宗教，若神真的被殺，那個宗教和種族的命運往往就是滅亡。」女神慢慢說著，「所以地獄遊戲的出現，造成我們很大的困擾啊。」

「地獄遊戲的力量很可怕，我們承認。」吸血鬼女頭腦清楚，「但這和妳動手殺了少年H，有什麼關係？」

「別急啊，獵鬼小組的軍師，當時我們四人聚會，得到了一個結論。」女神眼睛瞇起。「那就是誰能掌握地獄遊戲，誰就會成為地獄的最強者。」

「你們已經這麼強了，還要爭這東西做什麼？」

「這不是強弱的問題，而是生存的問題，因為若不先掌握這股力量，也許自己就會被滅亡了，整個埃及神系，整個五千年的承傳……也許就會淪喪在自己的手上。」女神淡然的說，「這種事，我絕不會讓它發生。」

「所以妳與濕婆，才會先後進入地獄遊戲……」吸血鬼女露出恍然大悟的表情。

「其實我們四個人，在神性各走極端，以往仍可以維持一種危險的平衡，如今地獄遊戲的出現，直接打破了這平衡，更逼得我們不得不投入戰鬥。」

「那……少年H？」

「現在，我可以說出答案了。」女神嘆氣。「他是兩個中的一個……被命運選擇的人。」

「啊？被命運選擇的人？」眾人呆住。

「也就是說，若命運持續進行，少年H會是掌握關鍵的人。他可能是其中一個關鍵者，能擊敗我與濕婆，成為進入最後夢幻之門的人。」

女神說到這，慢慢的睜開了眼睛，在這一剎那，每個人都發現，女神的眼中有淚。

純淨透明的淚。

彷彿一切都無害化的淚。

「啊？」眾人看見這淚，都不禁愣住。

「如果這是命運，難道我沒有權力抵抗它嗎？更何況，若是命運齒輪完成，四大神倘若真的毀滅，整個地獄會陷入空前混亂，不知道有多少靈魂會死亡。」女神歪著頭，「我只能對少年H說聲謝謝與抱歉，但我仍會做一樣的決定，我還是會殺死他，因為我不會輸給命運。」

就算抱歉，我仍會殺死少年H。

這一秒鐘，每個人都安靜下來，也許是因為見到女神的淚而震撼，也許是因為聽到這巨大的命運齒輪而驚訝。

但就在這短短的一秒鐘以後，打破沉默的，卻是始終安靜的貓女。

「不對。」

「嗯？貝斯特。」女神看向貓女，「哪不對呢？」

「妳是神，就算妳得知了命運，也不該殺少年H！畢竟他根本什麼都沒做！」貓女指著女神，「妳殺他，不過是為了一己之私。」

「為了一己之私嗎？」女神淡然一笑，「神之所以成為神，是因為我們擁有極端的能力，濕婆為了重建天下而毀滅世界，難道不自私嗎？」

「對，這就是自私沒錯！」貓女越說越大聲，同時間，她背後燃起熊熊的桃紅色光芒，可視靈波。

曾經一招斬殺呂布的可視靈波，出現了。

這表示此刻的貓女，真的怒了，怒到將力量一口氣給推升上去了。

「妳不顧身上埃及神系的血統，執意為愛情而戰，不也是自私嗎？」女神看著貓女。

「是。」貓女慢慢的笑了，全身的桃紅色靈波越來越鮮豔，她的力量越推越高了。「這就是我貓女的選擇。」

「貝斯特……」女神昂起頭，輕輕的說，「所以，妳決定了？還是要與我為敵？」

貓女沒有回答，只是笑，而她背後宛如火山爆發般鮮豔桃紅色靈波，已經回答了一切。

「那你們呢？」女神看向所有的人，包括吸血鬼女、狼人T、阿努比斯。

率先回答的，是吸血鬼女，只見她微微一笑，「雖然我聽了妳的理由，也可以理解妳是為了妳的信徒，為了地獄的平衡，為了避免因為地獄進入大規模戰鬥而死傷慘重，但我也很自私，我想要為H小子報仇。」

「吼！我是不懂你們說一堆廢話！什麼自私？什麼極端？什麼神的？」狼人T握拳，緊握他僅存的左拳，「但誰殺了我兄弟，我就無法原諒誰！」

「很好，看樣子你們都已經做了決定。」女神的眼神沒有看向阿努比斯，只是溫柔的說，「阿努比斯，站到我後面來吧。」

她沒有詢問阿努比斯，因為她根本沒有懷疑過阿努比斯的忠誠。

而阿努比斯自己呢？

只見他深吸了一口氣，雙手放開貓女，低著聲音說：「保護女神，是我的信念，我無法背棄自己的信念，抱歉，貝斯特。」

抱歉，貝斯特。

這一秒鐘，貓女懂了，阿努比斯不再叫自己貓女，表示他決意回到過去，與女神站在同一邊。

「我懂。」貓女也輕聲說，「而且我知道，H也會懂。」

說完，阿努比斯踏著沉緩的步伐，朝著女神的方向走去。

信念。

這是阿努比斯的選擇。

「很好。」吸血鬼女苦笑了一下，「所以從今天開始，我們是敵人了嗎？」

阿努比斯沒有回答，只是持續朝著女神的方向走著。

這個動作，已經說完了所有的答案。

但奇妙的是，看著阿努比斯的背影，幾乎所有的人都可以感覺到阿努比斯的痛，那種必須在夥伴與信念中做一個決定的，痛。

但阿努比斯沒有遲疑，因為他很堅強，堅強到足以忍住所有的痛。

「既然你們都已經做出了決定。」女神雙手慢慢張開，胸口原本安靜下來的「力量」牌，也再度開始旋轉。「那也該我做決定了。」

「嗯？」吸血鬼女等人皺眉，因為他們開始感受到呼吸困難。

每隨著那張「力量牌」轉動一圈，就有一股不尋常的靈壓，如同潮水般往外擴張，擴張到月台的每一個角落，更深深壓住每個人的胸口。

「我的決定是……獵鬼小組，請你們消失吧。」女神雙手張開，彷彿清晨迎接陽光般。

「釋放吧，我的力量牌。」

而那張旋轉的牌，也在這一瞬間，化成純淨的白光。

白色，正是女神可視靈波的顏色啊。

女神，打出了她的可視靈波，那獵鬼小組們還有存活的機會嗎？

白色的靈波，以力量牌為中心往外擴散，宛如一道毫無瑕疵的牆，無聲而純淨的前進著。

看著這股力量，吸血鬼女發現自己的身體正在顫抖，為什麼顫抖？

她低下頭，忽然間她明白了，是回憶。

在數百年前的地獄村莊裡，曾有一個人，展現過類似的力量。

只不過那力量是金色的，就是那金色的力量讓殘暴的吸血鬼E族幾乎消失在地獄的歷史中……

聖佛的金色靈波？

女神的力量，原來和當年聖佛屬於同一個級數的啊。

「快退！」吸血鬼女這一剎那，發出聲嘶力竭的尖叫。「所有人快退！這股力量碰不得！」

吸血鬼女比誰都清楚，這股力量和聖佛在同一級數，當年的血腥瑪麗接不下來，吸血鬼女自己也絕對接不下來。

但白光之牆雖然安靜無聲，但速度卻遠比想像來得快，只是一瞬間，就到了眾人面前。第一個碰觸它的，是速度最慢也不具飛行能力的狼人T，狼人T發現自己怎麼跑都跑不贏這道牆後，竟然停下腳步，怒極回身。

「臭力量牌！」狼人T一回身，面對高速而來的聳立白光之牆，他發出大吼，「你以為自己很了不起嗎？老子就和你拚了！」

狼人T在吼叫聲中，揮舞僅存的左拳，朝著白光揍了下去。

拳頭飛馳的過程中，他的心臟彷彿感受到了危險，迅速褪下了深色黑毛，換上靈力更純粹的白毛。

只是，這曾經坑殺開膛手傑克的白毛，曾經與孔雀王一拚的白毛，甚至擋下李牧狂刀的白毛，如今卻……

散了。

白毛完全無法抵抗純淨的白光，悲慘的化成粉末四散，緊接著，是狼人T以及手骨全碎的左臂，因劇痛而猙獰的臉。

「狼人T！你這個笨蛋！笨蛋！笨蛋！笨蛋！」吸血鬼女見到白光不斷往外，就要把狼人T整個吞噬，她翅膀收攏，化作急速滑翔的戰鬥機，回頭加入了戰局。

夾著飛行的高速，吸血鬼女張大了嘴巴，嘴裡的利牙閃爍陰森光芒，而且這對利牙經歷過德古拉與血腥瑪麗的洗禮，變得更巨大且銳利。

牙，這是吸血鬼最後的武器，事到如今，吸血鬼女最後的賭注。

牙咬入白色之牆之中。

喀吱，吸血鬼女耳朵一痛，因為她聽到像餅乾被咬碎的清脆聲響。

只是她知道，這次碎的不是餅乾，而是牙。

碎了，我最強的牙？

牙一碎，吸血鬼女重心頓失，整個身體被捲入白光之中，正當她輕嘆一口氣，閉上眼，準備承受魂飛魄散之苦的同時，她卻感到，白光之牆微微停頓了。

從一開始到現在，始終無堅不摧的白光之牆，竟微微的頓了一下。

吸血鬼女驚訝轉頭，她看見了獵鬼小組僅存的團員，渾身被一團猛烈的桃紅色光芒包裏，也加入了戰局。

「貓女？」

是貓女，她也來了。

此刻的貓女在失去少年H的憤怒悲傷下，啟動了從宋朝帶回來，曾經滅殺呂布的最強的可視靈波，硬是與女神的純白靈波，狠狠對撞。

貓女的靈波之強，竟能讓女神的白光之牆停頓。

「貝斯特。」女神吸了一口氣，雙手慢慢朝胸口的力量牌靠近。「就算妳變強了，但還不是我的對手喔。」

女神說完，雙手合十，將力量牌合在掌心。

說完，白光之牆彷彿感受到女神的靈力挹注，再度增強。

而原本與白光僵持的桃紅色靈波，在這一瞬間全面潰散，整個被白光之牆壓倒，然後徹底吞噬。

身在桃紅色靈波之中的貓女，臉上不但沒有訝異的表情，還帶著一種解脫後的輕鬆。

「嘿，H，我來找你囉。」

說完，桃紅色光芒消失殆盡，連貓女也一起被捲入白光之中。

短短的十餘秒時間，白色靈波就這樣滅了狼人T、吸血鬼女，甚至是貓女，女神之強，當真是驚世駭俗。

獵鬼小組，少年H、吸血鬼女、狼人T，到貓女，這些曾經各霸一方的好手，就這樣，在女神無聲且聖潔的白光下，徹底的被毀滅了。

白光淹沒四人，月台上，只剩下女神與阿努比斯站立著。

「走了。」女神的手放下，那張力量牌轉速再度減低，最後停住。「阿努比斯，都結束了。」

放眼望去，此刻的火車站月台，雖然景物依舊，但已經完全失去了生物的氣息。因為所有具有生命的物質，都被女神純如雪的白光給蒸發，連靈魂都不剩了。

但，阿努比斯沒有動。

他充滿霸氣的身軀，凝視著眼前這一片寧靜，死般寧靜的大地。

「阿努比斯，走了啦。」女神抱起了書，「我們的任務還沒做完喔，我們得打開夢幻之門才行，對了，聽說遊戲的規則是，打開夢幻之門需要最強的團隊？」

「嗯。」

「我們好像要組團，團長要五十級以上？」女神歪著頭，「什麼方法升級最快呢？」

「打怪。」阿努比斯回答。「難度越高的怪物，升級越快。」

「喔？哪裡的怪最強？」

「嗯，警察與軍隊，當年少年H曾經三天內升到五十級。」

「三天啊……」女神歪著頭想了一下。「有更快的嗎？」

「有。」阿努比斯點頭。「這是遊戲最近出現的怪物，他們等級比警察和軍隊更高，表面上他們是民意選出來的最高執法單位，事實上……」

「那我們還等什麼呢？阿努比斯！」女神邁開了步伐，「我們走！」

「請等等……」就在這時候，阿努比斯卻瞇起胡狼眼，伸手攔住了女神。「女神。」

「嗯？」女神回頭。

「我不認為，他們死了。」

「咦？」女神側著頭，馬尾晃啊晃。「是因為我的力量不夠殺死他們嗎？」

「不，妳的力量很完美，依然很完美。」阿努比斯身體的霸氣越來越重，全神戒備著。

「但我仍不認為他們死了。」

「為什麼？」

「因為，」阿努比斯深吸了一口氣。「他們是獵鬼小組。」

因為他們是獵鬼小組，所以他們不會那麼容易被殲滅。

因為他們是獵鬼小組，所以他們總能在死亡絕境中生存。

因為他們是獵鬼小組，所以他們的實力，阿努比斯從未懷疑過。

「喔？」女神眯起眼，忽然笑了。

「怎麼？」

「很奇怪，我覺得當你提起他們，臉上那種表情我以前從未見過。」女神單手托著下巴，專注的看著阿努比斯，「有點驕傲，又有點得意，你一定……很喜歡他們吧。」

「啊？喜歡他們？」

「你自己沒感覺到嗎？」女神笑。「你因為曾和他們並肩作戰而驕傲，對嗎？」

「啊。」阿努比斯這一秒鐘呆了，自己很驕傲嗎？從地獄列車開始，他與少年H等人一起立下生死盟約，一起並肩作戰，一起抵抗黑榜群妖，那是自己最驕傲也最開心的歲月嗎？

「那你會怪我，殺了他們嗎？」女神微微一笑。「阿努比斯。」

你會怪女神殺了他們嗎？

「……」阿努比斯沉默了半晌，這是第一次，他發現自己無法肯定答案。「若是為了理念，我會永遠守護女神。」

「不肯正面回答啊。」女神聰明絕頂，她不再追問這個問題，卻像是猛然想起般，比著自己。「那對『她』呢？」

「誰？」

「這個她啊。」女神微微一笑，用手比了比自己，比著這個曾是法咖啡的身軀。

「法咖啡……」這一刻，阿努比斯語塞了，他對法咖啡，究竟是什麼樣的情感呢？這一秒鐘，為什麼自己感到困惑了。

是妹妹嗎？是夥伴嗎？還是……

而法咖啡的身軀被女神佔據，靈魂的能量強弱懸殊，法咖啡的靈魂遲早會被女神吸收，自己又該怎麼辦呢？

「我沉睡的這段時間，你也不太一樣囉。」女神歪著頭，眼睛瞇起。「不過，也許這就是你變強的原因。」

「我也變強了？」

「是啊，你和貝斯特都變強了。」女神聳肩，「好討厭，我睡覺的時候，好像錯過了很多好玩的事情。」

「嗯，等等……」阿努比斯才要答話，忽然，他發現地面有異樣。「地上有東西？」

在這經歷過許多戰鬥後，殘破不堪的月台地板，一個微小的紅點正隱隱約約的閃爍著。

那是一個很微小，但有些怪異的紅點。

閃一下，頓一下，閃一下，頓一下，紅點規律閃爍。

「這是什麼？」阿努比斯高大的身軀將女神擋在身後，緩步朝紅光走去。

閃一下，頓一下，閃一下，頓一下……阿努比斯終於走到了紅光的正前方，低頭朝紅光看去。

然後，就在阿努比斯看清楚紅光的一剎那，他的臉色，陡然驟變。

驚恐的驟變。

這裡是地獄遊戲中的新竹，兩台腳踏車正在新竹北方緩緩的騎著。

「笨蛋蚩尤啊。」騎在後方的是一名美女，九尾狐，她騎得是氣喘吁吁。「為什麼我們要選這麼笨的方式去台北，這樣超累欸。」

「要和別人不同啊。」騎在前面的，是一個穿著寬大T恤，腳踩藍白拖的男人。「高鐵、台鐵、客運，甚至是摩托車都有人用了，我們一定要來點特別的。」

他是土地公，一手握著沒開過的仙草蜜，開心的騎著腳踏車。

「但有必要這麼累嗎？」九尾狐撥開不斷被風吹亂的長髮。「我們可以開車，可以坐計程車，甚至……以我們的靈力，用跑的也比較快啊！」

「騎腳踏車對身體很好，我們剛剛在夜市吃了這麼多，運動一下啦。」土地公還在嘿咻嘿咻的騎著。

「都是你在講！」九尾狐嘟著嘴，她好歹也曾是黑榜上的鑽石皇后，做過的壞事絕對不算少，怎麼現在面對土地公，卻完全束手無策？

「還有，騎腳踏車很新潮，總不能一直被叫宅男，我們也要當當潮男……」土地公說到這裡，忽然仰起頭，看著天空。

此刻的天色已經入秋，天空是帶點灰的青藍色。

「幹嘛？」九尾狐皺眉。「你幹嘛一直看天空？」

「起風了。」

「欸？」

「沒看過這麼猛烈的風，竟然從台北火車站直接吹到這裡啊。」土地公仰著頭，從遙遠的南邊天空，看向另一頭的北方天空，嘴裡則說著令人費解的話。「那兩個力量一定很強吧，才會產生這麼囂張的風。」

「那兩個？」九尾狐正要詢問，忽然發現，眼前的土地公形貌竟然改變了。

頭頂上冒出兩根又長又大的牛角，背後更隱隱出現一個巨大的魔獸形態。

這不是蚩尤本體嗎？

他是受到了什麼刺激，竟忍不住現出本體？

「這是頂級高手對決時候，所產生的風，」土地公喃喃自語，「你們兩個要打了嗎？你們兩個要打了嗎？你們兩個真的要打了嗎？」

「笨蚩尤，你的頭頂……」九尾狐越看越心驚，心驚之餘，又忍不住露出癡迷又欣賞的微笑。

如此純粹而浩瀚的灰色妖氣，當真是地獄難得一見啊。

「要打了？你們兩個要打了？要打這種精采架，我怎麼可以錯過？」土地公越說越興奮，「我，怎麼，可，以，錯，過，呢？」

下一秒，土地公忽然一手拉住九尾狐。

「幹嘛？」九尾狐手被拉住，臉微微紅了。「別這樣，這裡還有別人在看……」

「我們得騎快一點。」土地公背後的魔獸張牙舞爪，妖氣沖天，顯然興奮至極。

「腳踏車怎麼騎快？」

「這就看怎麼騎了。」土地公大笑之際，雙腳猛踩，速度之快連腳都看不到，而且不只是快而已……

腳踏車車輪在地面燃起一陣高速火花之後，車輪竟然離開了地面。

隨著映在地面上的影子越來越小，腳踏車開始在空中翱翔，而土地公順手將九尾狐拉到了腳踏車後座之上，一起在空中高速翱翔起來。

「笨蛋蚩尤，也許你沒說錯。」迎著風，九尾狐在後座大聲的說。

「喔？」

「騎腳踏車也可以很快。」九尾狐笑，「不過就看你怎麼騎了。」

腳踏車在高空中急速奔馳著，速度之快，竟追過了底下公路上的汽車、奔馳的火車，甚至是宛如子彈般噴射的高鐵。

土地公的腳踏車雖然快過了地面上所有的交通工具，高空中仍有一台劃過天際的戰鬥機，悄悄的超過了他們。

土地公看似沒注意，但這時候九尾狐卻抬起頭，看了戰鬥機一眼，嘴角露出古怪的笑容。

「啊，這對男女也到了啊……」九尾狐臉露曖昧笑容。「怎麼看起來還挺配的啊。」

戰鬥機上，坐著兩個人，他們是一男一女，女生清秀可愛，是小家碧玉型的美女。

男生則是一隻鳥形大妖，他的身軀是人類，但頭顱卻是孔雀，鳥類五官中自然流露出一股帥氣，堪稱是鳥妖怪中的一號型男。

這對男女的外型雖然差異極大，但卻有一個共通處，那就是他們身上都帶著傷。

而且一看就知道是由子彈、軍火，與各種軍方武器駁火時所留下的傷口。

軍方？難道這對男女剛從遊戲中的八大怪物「軍隊」中打出來？他們竟有挑戰軍隊的膽量與力量？

這時，那女生突然大叫，「喂！笨蛋！飛偏了啦！孔雀王！」

坐在前座，負責操作的是孔雀王，他手忙腳亂的操作著眼前複雜的飛機儀表板。

「很難用啊！人類怎麼把自己的飛行器搞得這麼複雜啊！」孔雀王一邊操作機器，一邊用手抓頭，抓下滿手的羽毛。「我們鳥類飛行，只要自然而然的拍動翅膀就好了，哪像你們人類老是越搞越複雜！鍾小妹，妳說是吧？」

那女孩，正是鍾馗最驕傲的妹妹，鍾小妹。

「人類又沒有翅膀。」坐在後座的那清秀女孩，就是有女諸葛之稱的文字高手鍾小妹。

「所以才需要透過許多科技讓人類飛行啊。」

「這就是你們人類的問題了，老天既然不希望你們飛，你們幹嘛自找麻煩？」孔雀王狼狽的操縱著右手邊的操縱桿，一邊努力抵抗高速產生的G力。

「飛行是人類的夢。」鍾小妹無法理解自己一遇到孔雀王這傢伙，怎麼心頭就會莫名湧現怒氣。「你如果不懂人類，怎麼當神？」

「嗯……」孔雀王啞口了。「我又不是自己想當神的，我一出生，就是神啊。」

「這樣講？難怪你會輸給狼人T。」鍾小妹瞪大眼睛，「你再這樣想，永遠不可能擊敗狼人T啦。」

「是……是嗎？」孔雀王想起，狼人T曾說過，自己是靠人類世界中一種叫做「愛情」的力量擊敗自己的。

自己若要擊敗狼人T，是不是要更了解愛情一點，是不是也要更了解人類一點？

「哼，」鍾小妹比著前方，「啊，小心，前面有亂流！」

戰鬥機又是一陣搖晃，幸好兩人都是靈力強橫之輩，一轉眼就靠靈力將飛機穩了下來。

「幸好，幸好。」孔雀王拚命拍著胸脯。

「靠我們的力量，也許可以讓飛機抵達台北火車站……但，我剛又想到一個問題。」鍾小妹向來是思前顧後，心思縝密之輩，不斷問自己問題，不斷的解決問題，是她一貫的思考邏輯。

「什麼問題？」

「我們該怎麼……」鍾小妹皺眉。「降落啊？」

「欸？降落？」孔雀王眼睛大睜，「對欸，這是一個問題，我根本不會降落啊。」

「所以……」鍾小妹已經開始絞盡腦汁的思考，自己該用「說文解字」裡面，哪個字來救命了。「我們會直接衝入台北火車站？」

「沒錯。」

「真是好，跟著你一組，當真是好啊。」鍾小妹苦笑，此刻的她莫名的想起了哥哥鍾馗，又想到了那個總給她內心平靜的男人，少年H。

如果和少年H一組，肯定不會這麼淒慘吧？

但最讓她憂慮的部分卻不是這裡，而是討厭的 Div 到底打算怎麼做呢？為什麼她會和孔雀王糾纏，而逐漸走向搞笑角色呢？

台北火車站，外圍。

越來越多的玩家正朝著台北火車站靠近，其中最惹人注意的，是這一群人。

帶頭的是一名外貌平凡的五十歲中年男子，一身黑色西裝在平凡中增添低調的霸氣。

而他的背後，則跟了六個穿白西裝的人，這七個人或高或矮，或男或女，七人的特色雖不同，但卻擁有一個共同點。

翅膀。

這六個人的身上，都刺著翅膀刺青。

只見帶頭的男子雙手插在黑西裝褲口袋，站在台北火車站前的廣場上，豪氣十足的往上望。

「就這裡，」男子仰著頭，眼神銳利而深邃，「根據情報，我的女兒，就在這裡。」

這男人，就是天使團之長，錢爸。

「沒錯。」後面的六個人沒有說話，但都不約而同的抬起頭，眼神同樣綻放讓人畏懼的神采。

這六個人，站在最左側的是一個女孩，一頭波浪捲髮，化著淡妝，纖腰上繫著一只古老的號角，她的手上刺著一個大冰雹，與兩對翅膀。

然後是一個身材高大的黑人，他單手抓著籃球，渾身散發著主宰運動場的霸氣，他的手上刺著一顆籃球，與三對翅膀。

接下來是一名年紀約莫三十出頭女子，她將臉埋在帽子下，只露出抹著豔紅色口紅的嘴唇，讓人對於她的美，產生遐想，她的手上是一隻蜘蛛，與四對翅膀。

再來是一個男生，他雙肩揹著好大的一個電腦包，體態略肥，帶著無害笑容，他手上是數字「5」，加上五對翅膀的刺青。

後面是約莫四十歲的高瘦男子，他戴著墨鏡，鼻子略塌，但看他站立的姿態，卻充滿舞蹈者的力道，讓人忍不住多看兩眼，他手上的刺青是一個音符，與六對翅膀。

最後一個人是男生，約莫二十歲，臉上戴著無框眼鏡，模樣斯文，他的手上拿著一台平板電腦，電腦上一堆數字正以驚人的速度跑著，彷彿在計算著什麼難度超高的程式，他手上刺著的是一台電腦，然後七對翅膀。

一個團長，加上六個成員，這就是地獄遊戲有史以來最強的團隊，天使團。

他們終於揭開了神祕的面紗，來到台北火車站。「天使團」親臨火車站周邊，又會對已經混亂無比的戰局，帶來什麼樣重大的影響呢？

第四章　女神與破壞神

台北火車站內。

站在紅點之前的阿努比斯，臉色驟變。

紅光閃爍，看似平凡無比。

但這一秒鐘，在阿努比斯眼中所見卻不是這麼回事，他彷彿見到了紅點的深處，那一股濃烈且暴力的火焰，夾著地獄深處爆湧而來的熱氣，化作驚濤駭浪般的狂焰，朝自己衝來。

阿努比斯退了。

夜王之尊，渾身霸者之氣的他，竟然只看了一眼，就退了一步。

嚇退阿努比斯後，紅點再次熄滅，一切又回歸平靜。

「阿努比斯，怎麼了？」女神探過頭來，關心問道，「怎麼好像被嚇到了？」

「是嗎？」阿努比斯苦笑，自己是太緊張了嗎？竟連一個小紅點都怕？

「阿努比斯，」女神看了看四周，「你能幫我找可以宣佈事情的地方嗎？」

「宣佈事情？」

「對啊，根據這女孩進入地獄遊戲時的記憶，」女神微微一笑，「只有最強，也是最後一個團隊，才能進入夢幻之門，對嗎？」

「沒錯，所以……」阿努比斯想起了地獄遊戲的破關規定。

最強，且最後一個團隊成形，便是夢幻之門開啟之時。

「我想告訴大家，我要成立一個團。」女神笑了，天真可人的笑了。「讓全部的人都加入我，那不就是最強的團了嗎？」

「讓所有人……」阿努比斯睜大眼睛，許久，他嘴角慢慢的揚起。「沒錯，這的確是一個好辦法，這辦法，似乎也只有妳能做到。」

任何玩家只要見到了女神的力量，大概都會明白自己實力的懸殊，而選擇完全的屈服吧。

「我很聰明吧？」女神得意的昂起頭，「快點幫我想一想，哪裡可以對大家宣佈事情？」

「有一個地方，肯定所有人都看得到。」

「哪？」

「網路。」

「喔？」女神露出好奇表情。「那我該怎麼連上網路？」

「只要找得到能上網的地方，以我們的靈力入侵即可。」阿努比斯手比著前方，「只要在台北市，每個地方都可以。」

「每個地方都可以？」

「這是台北這幾年在做的，地獄遊戲也同步更新，這裡到處都有無線網路，我們只要找到適當的靈波，潛入網路即可。」阿努比斯說。

「嘻，可以透過網路嗎？那太好了。」女神點頭，「真是好方便的地方，那接下來，我們該去找你說過，可以快速升上團長的地方……」

「沒錯。」正當阿努比斯邁開步伐，這一瞬間，他又看到了地面上的紅光。

閃了一下，點亮。

「這是？」阿努比斯皺眉，當他蹲下來想再仔細瞧清楚，地面上的紅點究竟從何而來之時，他發現紅點竟然開始變化。

紅點多了一個，兩個紅點交替閃亮。

「第二個紅點？」阿努比斯低頭，他疑惑的是，這紅點是什麼？是某種現象嗎？是某人的靈力嗎？或是地獄遊戲中的某個道具嗎？為什麼自己都無法感受到半點靈壓？

然後，第三個紅點接著出現了，就在阿努比斯的腳邊。

「這究竟是……」正當阿努比斯彎下腰，伸手要去觸摸紅點的瞬間，突然，他聽到了背後女神的聲音。

「阿努比斯，別動。」

「咦？」

「看看我們的四周。」女神的聲音低沉，在聲音中隱藏著一種情緒。

一種女神極少顯露出來的情緒，嚴肅。

而且還是如臨大敵的嚴肅。

阿努比斯抬起頭，此刻的他赫然發現，數以百計的紅點，不知道何時，已經佈滿了兩人周圍數公尺內。

紅光不斷交替閃爍，美麗中，卻帶著詭異的未知與凶險。

「這是……」

「阿努比斯，在什麼情況下，你感受不到危險的靈力？」女神聲音放低，一字一句的說。

「對方沒有靈力？」

「不，還有一種。」女神的手微微握緊，她要召喚「死者之書」了嗎？為什麼她如此緊張？

「哪一種？」

「就是當對方的靈力遠遠凌駕於你，到達神的境界的時候。」

「神的境界？」阿努比斯瞬間感到背部一陣冷意，神的境界？地獄之中還有誰的靈力足以稱為「神」？

除了女神，就只有三個啊。

「死者之書！出來！」突然，女神提氣大喝，「保護我！」

保護我？！

什麼力量，竟讓從復活以來，始終好整以暇，戰無不克的女神帶著驚惶的語氣，要求保護？

究竟是什麼力量……

紅點，就在書被打開的剎那，開始瘋狂激增，彼此串連，最後，整個地板都已經散發猛烈紅光。而當紅光連成了一氣，地面上到處都是一條又一條又粗又大的紅色裂縫。

裂縫累積到了一定程度，轟然一聲，整個地板全面崩塌。

地板崩塌後，露出了地底下，壯闊而驚人的景色。

那是岩漿之海。

這個位處於地球深處，同時具有毀滅大地與創造山川的流動物質，就在他們所站的下方瘋狂沸騰著。

這一剎那，阿努比斯懂了。

他為什麼會在紅點中見到兇猛的火焰，卻又感受不到殺人般的靈力，因為他遇到了一個他從未想像到的對手。

那是神，另一個神。

破壞之神，濕婆。

「**憤怒之眼**。」濕婆的聲音，宛如山谷間的大地鳴動，直震入阿努比斯耳中。「將一切都燃燒殆盡吧！」

在炙熱的烈焰與狂暴的火浪中，阿努比斯卻笑了。

因為他已經猜出這濕婆的憤怒之眼靈力，是誰帶到這裡來的了……

「少年H，我沒猜錯，你沒死啊。」阿努比斯驕傲的笑著，「你果然一直沒讓我失望啊，老友。」

時間，回到數小時前，當時獵鬼小組兵分四路，正賭上生命進行送貨任務。

當時，少年H負責的是國道客運，他搭上沒有任何逃脫機會的客運，從新竹出發，經過桃園，正打算爬上林口地形的高坡，朝著台北火車站前進。

客運上，攔截少年H的人，正是破壞神濕婆。

兩人相鄰而坐，只有五公分的距離，展開一場讓人無法想像的戰鬥。

或稱，少年H的求生之戰。

最後，當少年H已經全面潰敗，濕婆要以憤怒之眼將少年H徹底蒸發之時，少年H忽然張開了嘴巴，全部的靈力，透過舌尖的凝聚，幻化成最震撼靈魂的一句話。

「濕婆，這是象神的遺言。」

象神留在少年H體內的最後靈力，化成一個溫暖的擁抱，感動了古往今來最強的破壞神，濕婆。

而濕婆雙手按住少年H的頭，同時將火焰化成贈禮，一口氣灌注到少年H的體內。

「收好啊，這是給你的禮物。」濕婆語氣雖然平淡，額頭上卻罕見的出現了一兩滴汗珠。

究竟，他給了少年H什麼？竟讓身為地獄之神的他，如此吃力？

「嘿，濕婆大神……」少年H只感到腦袋好燙，燙到他快要昏厥。「坦白說，我不習慣用腦袋收禮物……」

「這禮物很重要，所以藏在人腦中最好，複雜萬千的腦神經網路，與瞬息萬變的思維，是連神魔都無法輕易破解的迷宮。」濕婆慢慢的說著，額頭又是一滴汗。

「神魔都無法破解？」

「因為接下來你會遇到的人，實力恐怕不在我之下。」濕婆聲音低沉，「若不把禮物妥善處理，你就危險了。」

「呃，實力不在你之下？」少年H只覺得自己的腦袋快要沸騰了。「是誰？」

「呵。」濕婆沒有回答，只是一笑。

但在腦中沸騰如火的瞬間，少年H卻靈光一閃，想起了那個人。

少年H不懂，自己為什麼會想到這個人，因為獵鬼小組一心幫助她復活，他們該是同一邊的才對啊？

只是，奇妙的預感還是讓少年H講出了這個名字。

「女……神？」

「很好。」濕婆冷笑，「你果然還不至於太笨，我兒子沒有看錯人。」

「可是……她為什麼要……」少年H頂著熱熱的腦袋，拚命想要集中精神思考。

「她為什麼要殺你嗎？」濕婆嘴角露出冷笑，「原因很簡單，如果是我異地而處，我也會殺你。」

「啊？」

「因為，如果你是被命運挑選，最可能阻擋我的人。」濕婆一笑，「不殺你，我們就不是神了。」

「這樣說起來，你們這些神，還挺有個性的。」少年H苦笑，「難怪我們當不了神。」

「不過，就算她要殺你，你仍有選擇機會。」

「選擇？」

「貨在你手上，你可以選擇送或不送。」濕婆的雙手，此刻緩緩的離開了少年H的腦袋，手心仍可見到隱隱發燙的紅光。「這是你的選擇。」

「我的選擇……」少年H感受到腦中漸漸清涼，濕婆把「東西」藏好了嗎？就藏在自己的腦袋裡嗎？想起來還挺可怕的呢。

「只是你必須思考的是，女神沒有復活的後果。」此刻濕婆的話語，莊嚴且富有哲理，幾乎讓人忘記，他同時也是焚起地獄之火的破壞神。

「我若沒完成送貨，女神無法復活……女神沒復活？那是誰會奪得地獄遊戲的霸權？」

少年H抬頭看著濕婆，笑了。「那不就是你嗎？」

「沒錯，」濕婆淡淡一笑，得道老僧充滿禪意的一笑，「會是我，那我會展現破壞神本色，燒盡一切。」

「若我送了。」少年H沉吟，「女神會殺我，我會死？」

「正是。」

「嘿，好一個進退兩難的選擇？」少年H先是抓了抓頭髮，然後又忍不住笑了。「這是什麼鬼選擇題啊，我哪有選擇權啊？！」

「不盡然，因為你遇到了我。」濕婆伸出了手指，輕輕按在少年H的眉心。「我剛剛給你的禮物，就是你的第三個選擇權。」

「啊？」

「帶著那禮物吧，那是我兒子最後的請求。」此刻的濕婆，語調溫柔如老父。「那就是救你一命，少年H。」

時間，回到了現在。

地點，也回到了台北火車站月台。

女神與阿努比斯的腳下，整個地面都被滾燙的岩漿熔化，露出地底滾滾流動，無窮無盡的岩漿之海。

岩漿不斷往外延伸，地板更是不斷陷落，下面就是沒有止境的熔岩汪洋。

在這片岩漿汪洋之上，女神與阿努比斯藉著靈力在空中穩穩站著，卻顯得渺小而微弱。

「這就是憤怒之眼的力量？」阿努比斯身陷險境，仍忍不住讚嘆眼前的力量。「現在才知道，本能寺之火和這種萬年岩漿的力量相比，根本就是小巫見大巫。」

地板不斷崩落，上頭的台北火車站也不斷搖晃，底下的熔岩汪洋更是洶湧澎湃，完全沒有盡頭，更可怕的是，這片熔岩若是沖上了大地，任何城市與土地都會被瞬間燒盡與淹沒。

難怪古老的印度神話中，濕婆能成為毀滅之神。

而岩漿不只是毀滅萬物的可怕怪物，其實也是創造山川大地的終極推手，岩漿，果然是最能代表破壞神憤怒力量的證明。

「濕婆。」女神雙腳浮在空中，看著這一大片不斷蔓延的岩漿之海，她沒有憤怒，更沒有緊張，她只是輕輕順了耳邊的髮絲。「我可敬的對手啊。」

「嘩啦！」岩漿之海激起兇猛大浪，彷彿在回應著女神的話。

「為了不使這個地獄遊戲崩壞，我們就各自壓抑力量，進行一次小小的對決吧。」女神雙手再度平舉，又是一個擁抱陽光的美麗姿態。「誰輸，就真正的退出這個遊戲。」

岩漿之海波浪再起，傳來濕婆莊嚴的回答。

「好，我答應妳，埃及主神，伊希斯。」

「好，印度主神，濕婆。」女神一笑，雙手高舉，一道純淨的白色靈波，化作完美的圓，從她體內猛然射出。

而且這次的白比剛才更加純淨，更加完美無瑕，宛如一顆不透光的雪白之球，在空中瞬間綻放。

雪白之球往外擴張，轉眼就碰到了火紅的岩漿。

如同擁有五千年歷史的埃及大神，碰到了同樣歷史悠久的印度大神。

瞬間，絕對的能量交會。

一種超乎想像的對決，已非肉體與單純力量的對決，而是兩種絕對的存在，在地獄遊戲中發生驚人碰撞。

巨大的純白之球，以女神為中心，不斷往外擴散，宛如一枚深秋的白月。

白月越來越巨大，直到，逼近了岩漿之海。

然後，碰觸。

宛如每次人類歷史上每回文明與文明的首次接觸，燦爛之下，往往犧牲了無數的生命。

在白月與岩漿接觸之處，白月開始融解，大量焦黑土塊落入岩漿中。

而岩漿也同樣遭遇反擊，碰到白月的火浪，瞬間被降溫而化成冰塊，一片又一片巨大的冰浪，沉入岩漿之海深處。

白月被岩漿給吞噬，而岩漿又被白月冷卻，就如同兩大高手彼此爭奪地盤，寸土寸金，在這個台北火車站月台的地底，展開了一場超乎想像的廝殺。

這樣的戰鬥，連有死神之稱的阿努比斯，都看得驚嘆無比。

「所謂的戰鬥，不外乎是身體的力量爭鬥，與法術的比拚，像這種宛如月亮與海洋的大自然爭鬥，只有女神和濕婆這樣等級的高手，方能見到啊。」阿努比斯感到自己手臂的皮膚，正因為戰慄而起了一顆又一顆雞皮疙瘩。「能親眼目睹這樣的戰鬥，也算是此生無憾了。」

而這場超高等級的戰鬥，白月與岩漿海，能讓一切生命靜止的極度低溫，對上能燒盡所有生靈的高溫，究竟誰會在這場奇異對決中勝出呢？

此刻，在接近台北的天空，有一個不對勁的物體，正高速飛翔著。

那是一個人騎著腳踏車，載著一個長髮美女，正在高空中以不亞於飛機的高速前進著。

「快結束囉。」負責踩腳踏車踏板的人，是宅男土地公。「女神與濕婆的戰爭。」

「這麼快？地獄四大神明之二的他們，戰鬥要結束了？」九尾狐坐在土地公的後面，一手挽著土地公的腰，吹著迎面而來的風。

如果這裡不是數千公尺的高空，如果不是以時速超過三百的高速，真的會以為他們是一對下課後騎腳踏車約會，有點窮但卻很幸福的學生情侶。

「我們神啊，打起來可以很久，也可以很快，要不一打就是上千年，要不就是只有幾分鐘，就看神自己決定，某種程度來說，也算是神的一種福利吧。」土地公踩著踏板，在他驚人的魔力支持下，腳踏車完全脫離了物理重力的限制，在高空中翱翔著。

「不過，笨蛋蚩尤，你覺得誰會贏呢？」

「嘻，妳覺得呢？」

「一個是埃及大神，一個是印度大神，神力旗鼓相當，真的很難論斷。」九尾狐側頭想了一下。「我猜不出哩。」

「我倒覺得結果很明顯。」土地公笑。

「明顯？」

「我敢打賭。」土地公露齒微笑，只是牙齒仍是蚩尤的滿嘴利牙，「沒錯，贏的一定是……」

場景回到台北火車站，白月與岩漿海彼此傾軋，互有領先的僵局，終於發生了變化。

白月，不再只是擴張，竟然轉動了兩下，開始移動了。

「我們下去。」女神全身的白光耀眼無比，「一口氣冰凍這片岩漿吧！」

在女神強大靈力的推動下，白月激起狂暴的雪流，以驚人的聲勢朝滾燙的岩漿海墜了下去。

「伊希斯……妳！」此刻，濕婆的聲音從岩漿海中傳來，怒中帶笑。「妳打算要分出勝負了嗎？」

「神的戰鬥，可以很久也可以很短。」女神操縱著巨大的白月，讓白月持續下推。「我記得，這是聖佛與蚩尤他們對打時，蚩尤曾說過的話。」

「所以妳要快點分出勝負？」

「沒錯，我沒打算像聖佛和蚩尤這種打法。」女神一笑，「畢竟，這裡是地獄遊戲，夜長夢多啊。」

「好。」濕婆一聲好，威嚴中帶著強悍鬥志。「我們現在就分出勝負吧。」

就在兩神對話之間，白月下墜的速度越來越快，碰到岩漿之海的面積也開始激增，連帶激起驚人的火浪，只是火浪才飛濺上天，立刻就被凍結成白色雪片，飄然落下。

就像下起了大雪，美麗且純淨的雪。

大雪中，阿努比斯忍不住看得痴了。

翩翩的大雪中，一枚皎潔的月亮，慢慢沉入亮紅色的大海中，這是一幅什麼樣的景色呢？就算是浩瀚的地獄十層裡面，也未曾見過這樣壯麗且動人心魄的景色啊。

只是，美景是短暫的，當岩漿之海冷卻越來越嚴重之時，白月也被越吃越小……

到最後，這已經是一場生存之戰了，就看岩漿海先被完全冷卻？還是白月被岩漿全數吃掉？

漫天飛舞的雪片中，白月越來越小，岩漿海的面積也快速遞減……

勝負，快要出來了。

阿努比斯感到自己的呼吸急促，他不是沒見過大場面的人，但此刻的他當真感到全身戰慄，他竟然能親眼目睹這樣的戰鬥！這樣高等級的戰鬥！

而女神與濕婆曾提到的，當年聖佛與蚩尤的對決，是否也是相同的景色？甚至又是一幅更奇異的景象呢？

終於，白月縮小到只剩下數公尺的圓，白月中女神的姿態，已經隱約可見，馬尾輕盈飄逸之下，只見她的手指正緩緩移動，她在翻書？

沒錯，到了這個時刻，女神還是需要她最強也最無敵的夥伴，死者之書。

然後，書頁終於停了。

「終於，讓我翻到了這張。」女神露出鬆了一口氣的笑容，纖纖小手一捏，從書頁中抽出了一張牌。

一張屬於女神本身，最強也最完美的一張牌。

牌面上是一個純白女子，身穿低調但華麗的服飾，雙眼微閉，表情寧靜安詳，但卻從她背後，放射出無可比擬的強大白光。

這是『女祭司』。

代表純潔的女祭司，正是女神的本命牌。

「女祭司！我的本命牌啊，讓我們一起，結束這場戰鬥吧。」女神右手高舉這張牌，放聲高喊。

讓我們一起，結束這場戰鬥吧。

這一剎那，白月雖然體積縮到只剩數公尺，但卻在最後時刻，爆出燦爛且強力的白光，白光之強，在瞬間奪走了現場所有人的視力。

其威力不止於此，就連數千公尺外的高空，都可看見這一瞬間猛烈的白光。

白光猛烈至極，但岩漿海豈是等閒，所有的浪宛如被賦予了生命，從四面八方不斷湧來，震起宛如高山的大浪，朝著白月直轟下去！

岩漿之浪，這是濕婆最後神力的展現。

白月與岩漿海。

女神與濕婆。

埃及與印度。

女祭司與憤怒之眼。

他們終於戰到了最後一刻，勝負，在下一秒就要分出來了。

「結局竟然是……」始終在旁觀戰的阿努比斯喃喃自語，「竟然是這樣啊！」

遠方的天空。

「笨蛋蚩尤，你說女神一定會贏？」九尾狐不解的搖頭。「為什麼？」

「因為，感情。」土地公吐了一口長長的氣。「濕婆會敗在感情上面。」

「感情？濕婆會敗在感情上？」九尾狐滿臉詫異，在她記憶中，濕婆永遠是莊嚴冷酷，怎麼會因為感情而失敗？

「濕婆表面嚴酷，但對小孩的感情，卻是他唯一的遺憾，尤其是大兒子象神……」土地公踩著腳踏車踏板，嘴裡卻沒閒著。「有了這份情感，也許濕婆會多做一些多餘的事，而讓全力無法發揮。」

「嗯。」

「而伊希斯則沒有這份牽掛。」土地公搖頭。「她外表的樣子雖然柔順可愛，但內心剛毅程度甚至遠勝男子，她不會因為對任何人的感情，而動搖自己的理念。」

「所以……濕婆會輸？就輸在他對兒子的感情上？」

「正是。」

「嗯，笨蛋蚩尤啊，我很佩服你的觀察力和力量，但這一次……」九尾狐歪著頭，「我卻不是這樣認為喔。」

「呵，為什麼？」

「你分析的輸贏，只是現在這一場而已，……」九尾狐單手環著土地公的腰部，仰著頭，迎著高空中吹來冰涼的風。「但到了最後，誰輸誰贏很難講啊。」

「最後……」

「感情到底會在最後的結果之中，扮演什麼樣的角色呢？這可是完全無法預料喔。」九尾狐笑，「我倒是認為，越有感情的人，才會是最後的勝利者。」

「這倒是，畢竟感情這東西，無論用了再多靈力，都無法改變的。」土地公用力踩著腳踏車踏板。「感情決勝……這是女人的預感嗎？」

「嗯，對啊，這是我的預感。」九尾狐摸著自己的胸口，心臟的位置。「我有預感，這地獄遊戲最後的結果，肯定超乎意料啊。」

「呵，說起女人預感這部分，我就完全無法反駁了。」土地公笑了，咧嘴笑的同時，可見到嘴裡兩顆粗大獠牙正隱隱發光。

他感受到自己的靈力正被遠處兩大力量牽引，而顯得激動不已，這表示……女神與濕婆的對決，即將結束。

然後，整個地獄的新局面，就要開始了。

場景再度拉回台北火車站。

猛烈白光過去，阿努比斯終於慢慢找回自己的視覺時，他赫然發現，眼前的景色變了，這裡已經沒有所謂的岩漿海了……

取而代之的，是漫無邊際的大片冰原。

原本藏在地底，無窮無盡的赤紅岩漿海，如今全部被冷凍，化成一望無際的純白冰原。

冰原甚至延伸回到了台北火車站的月台上，原本灰色的水泥地板，如今全部覆蓋上一片雪白的冰。

這是女神的靈力，與死者之書中「女祭司」的巔峰組合，在最後關鍵時刻，擊潰了濕婆的憤怒之眼。

而大地緊接著闔上，所有人都回到了被冰雪覆蓋的月台上，此刻，不斷飄落的殘雪中月台之上，只剩下三個人影立著。

一個是身穿薄衣，身形嬌俏的馬尾美女，女神。

一個是手持黑色獵槍，披風隨風擺動的黑夜之王，阿努比斯。

那第三個呢？

只見皚皚的白色雪原中，第三個點，正盤腿坐在地上，宛如老僧入定。

他，竟是少年H。

只是此刻的少年H有些不同，他的額頭上多了一枚半睜的眼睛，眼睛中熊熊燃燒的怒焰已經接近熄滅，只剩下零星的火光。

就是這枚眼睛，打出了濕婆最強的一招「憤怒之火」，差點將整個台北火車站，甚至整個台灣，都送入了地底無窮無盡的岩漿海之中

「濕婆。」女神傲然而立，看著少年H半晌，才開口道。「你可知道自己為什麼會輸？」

少年H依然雙目緊閉，沒有開口，但一個威嚴的濕婆聲音，卻從他的額頭眼睛中發出。

「伊希斯啊，為何？」

「因為你做了多餘的事。」女神淡然一笑，「我發現，你剛剛為了保住少年H與他的夥伴，所以耗去了部分的力量，憤怒之眼講究的是絕對的無情，你既然有情，又如何打出絕情之火？」

既然有情，又如何能打出絕情之火？

「哈！」濕婆聽到伊希斯這樣說，卻發出爽朗的大笑。「哈哈哈哈。」

「幹嘛笑？」女神皺眉。

「我可不是這樣想。」

「喔？」

「我是救了獵鬼小組那些小傢伙的命，但我會輸的原因只有一個。」濕婆的語氣中沒有半點落敗的沮喪與憤怒，反而如同一名得道高僧般灑脫與睿智。「因為……這已經不是我們的時代了。」

「嗯？不是我們的時代了？」

「未來，已經不是我的破壞時代了，所以我輸得理所當然。」濕婆的聲音，正逐漸轉弱，顯然他放入少年H體內的力量經過與女神的對決，已經到了盡頭。「而且我想，遲早，妳會步入我的後塵吧，哈哈哈。」

「胡說。」女神聽到這，眼神中閃過一絲怒意後，隨即用手指輕拉下眼瞼，吐著舌頭，扮了一個鬼臉。「嘻，既然你輸了，就退出這地獄遊戲吧。」

說完，女神的纖手一揮。

她的背後突然出現了一隻白鷹，白鷹巨大但美麗，伸出銳利鷹爪，朝少年H猛撲而來。

看見這隻白鷹，濕婆的聲音雖弱，但仍可聽見他爽朗的大笑。

「哈哈哈，女神啊女神，妳為什麼不再用死者之書，可以一擊必殺啊？因為妳的力量也減弱了，與我的憤怒之眼對決，果然會耗去妳不少力量啊。」濕婆得意大笑著。「嗯，六……五……四……只剩下三成啊，哈哈哈。」

「僅餘三成。」女神依然微笑，「要橫行地獄遊戲，也綽綽有餘囉。」

沒錯，女神就算只剩下三成力量，要統一地獄中各大團隊，直搗澎湖的夢幻之門，仍是綽綽有餘。

「哈哈哈。」濕婆依然爽朗的笑著，而笑聲中，白鷹已經撲中了盤腿而坐的少年H。

只見白鷹翅膀迴旋拍動，雙爪在地板刮出尖銳聲響，身處中心的少年H肯定凶多吉少了。

只是當白鷹再度振翅拔高，奇怪的是，地面上除了凌亂的爪痕，竟沒有半滴血跡，連一塊衣服碎片也沒有。

白鷹一擊撲空，發出憤怒的長嘷，振翅飛回女神的身邊。

女神伸出手，這隻威猛的白色鷹王，就停在她指尖之上。

「濕婆，沒想到你還有力氣啊。」女神瞇起眼睛，「這時候還可以硬把他們送走。」

「但，濕婆，你只能幫他們最後一次了。」女神伸手輕撫著白鷹完美弧線的背脊，「接下來，能不能逃出生天，就要看他們自己的命運了。」

「而這命運，恐怕不是站在他們那邊了，因為……」女神昂起頭，「最熟悉獵鬼小組的『他』，此刻已經出動了。」

最熟悉獵鬼小組的『他』？

屬於女神這方的高手群，還有誰稱得上最熟悉獵鬼小組？

女神微微回過頭，那個始終站在她背後，穿著黑大衣的男人已經不見了。

就在少年H消失的同一時間，這男人也啟程了。

那男人，當然就是深夜中的王者，阿努比斯。

第五章　女神與地獄遊戲怪物

桃園的上空，一台腳踏車正在空中高速前進。

「打完了。」負責把腳踏車騎在空中的，是土地公。「嗯，看樣子真的打完了。」

「嗯，感覺起來……」而坐在腳踏車後座，負責營造幸福氣氛的美女，是九尾狐。「是女神贏了？」

九尾狐同是千年大妖，就算距離遙遠，她也可以感覺到前方神力的消長，女神的純淨之力，壓潰了濕婆的火燙神力。

「因為，濕婆分了部分的力量去救獵鬼小組的命。」土地公嘴裡發出嘖嘖的讚嘆聲。「老濕這次的表現，真令人刮目相看。」

「那接下來呢？」九尾狐歪著頭，「女神贏了，整個地獄遊戲，還有人能阻止她嗎？」

「未必沒有喔。」

「咦？」

「她的神力與濕婆硬碰硬，至少去了七成，數十日內復原不了，所以勝負還有得瞧呢。」

「三成的女神……也很可怕啊。」九尾狐吞了一下口水。「真的有人可以和她一戰嗎？」

「其實，」土地公伸出一根指頭，「我剛剛就想到一個……」

「啊？誰？」

「就是你們黑榜妖怪最討厭的人之一，把地獄弄出很多規矩，一個超級龜毛的傢伙……」土地公一笑。

「啊？你是說，」九尾狐眼睛大睜。「那個地獄政府中權力最大的……」

「沒錯，正是他！」土地公大笑，「蒼蠅王！」

「蒼蠅王……」九尾狐想到蒼蠅王，不禁微微打了一個寒顫。

身為千年大妖，除了四大神，她不怕任何的地獄強者，但唯獨這個蒼蠅王，卻總是給她一種不安的感覺。

彷彿在蒼蠅王嚴明正義的形象後面，還存在著一個讓人無法捉摸的陰影。

就是這個陰影，讓九尾狐感到不寒而慄。

「幹嘛，小狐狸，妳在害怕？」土地公皺眉，「在我旁邊，還有啥好怕的？」

這句話說來霸氣，卻讓九尾狐忍不住甜甜的笑了，的確，在蚩尤身旁，還有誰敢欺負她？

「是啦，你最驕傲囉。」九尾狐笑著說，「不過，蒼蠅王老謀深算，不知道何時才會出手哩。」

「快了。」

「咦？」

「伊希斯這女人啊，有力量又有腦袋，如果蒼蠅王再不快點，恐怕地獄遊戲真的會被伊希斯拿下來啊。」土地公露出幸災樂禍的笑，「到時候，蒼蠅王就有大麻煩囉。」

「地獄遊戲，真的會被伊希斯拿下來嗎？」九尾狐仰望天空，此刻地獄遊戲的天空，出現了相當罕見的七色雲彩，雲彩一直延伸到遠處，在遙遠的地方指向了地面。

這是什麼異象？九尾狐暗暗吃驚，像是某種奇怪的東西誕生的徵兆，難道說，地獄遊戲本身也感受到女神的靈壓，正在做出反應？

是否地獄遊戲也知道，開啟夢幻之門的時刻快到了？

而女神會怎麼做呢？她要如何在短時間內，打造足以殲滅其他團隊的最終團隊呢？

「要最快組隊，第一件事，就是要讓玩家們感受到我的力量，壓倒性的力量。」女神站在台北火車站裡面，這樣說著。

「那要怎麼做？女神。」一個男子聲音回應了女神，但偌大的車站大廳，阿努比斯早已離開去追殺少年H，怎麼還會有第二個人？

「這是一個好問題，幸好阿努比斯離開前，已經告訴了我答案。」女神微笑。「我親愛的白鷹，荷魯斯。」

白鷹，荷魯斯？

原來這個男子聲音，是來自女神肩膀上的那隻白鷹。

這隻白鷹的形態極美，宛如白玉，沒有半點瑕疵的羽毛，還有英挺的弧線，銳利到彷彿可以穿透任何物體的鷹眼。

如此美的鷹，究竟是誰？難道牠也是埃及神祇之一嗎？

「那該怎麼做呢？是要殺幾個厲害的人類玩家，」白鷹語氣冰冷，「讓他們見識一下我們的恐怖。」

「這樣不太好喔。」女神搖了搖頭。「以我這幾千年對人類的觀察，你越是壓抑他們，他們往往會激起更強的鬥志，恐怖統治不是最好的手段……」

「嗯……」荷魯斯沉吟。

「要讓人類畏懼，除了殺死厲害的人類，還有一個辦法，就是殺死令人類會害怕的敵人。」

「殺死人類會害怕的敵人……」

「你能殺死這樣的敵人，不只證明了自己的實力，更重要的是，你會巧妙的獲得到人類的心。」女神微笑。「懂嗎？親愛的白鷹。」

「是。」白鷹點頭，「那我們該去哪裡找『人類會害怕的敵人』呢？」

「這就是阿努比斯的貢獻了，他口中的人類敵人就在……」女神手指前方，「離這裡不遠，一條叫做中山南路的地方。」

「那裡是……」

「我可以感覺到那裡充滿混亂的氣息，就算是在現實世界，也是台灣島上數一數二的亂源……」女神昂起頭，「按照阿努比斯的說法，那裡叫做『立法院怪物』啊。」

這裡是台北火車站的另一頭，一個男人正緩緩的走著。

他身穿一襲純然無光的黑衣，踏著霸氣十足的步伐，每踩一步，周圍的空氣都因為他的移動而微微震動著。

台北火車站，這裡堪稱全台灣交通最複雜的地方，台鐵、高鐵，與捷運這三種頂級的大眾運輸系統，全部在這裡匯集，然後再往四面八方擴散出去。

也因為這樣，導致這裡的路線異常複雜，交錯縱橫的走道，櫛比鱗次的商店，奇形怪狀的指標，都在在訴說著這裡是一個極易藏匿，而極難尋人的區塊。

只是，女神與眾高手的多次激戰下，整個台北火車站的景物雖然依舊，但所有生靈都已經蒸發消失，因此任一倖存獵物的風吹草動，都容易被獵人察覺。

這男人就是個獵人，而且不是一個普通的獵人，他是原本就生存在黑夜的王者，只要展開他最擅長的結界，整個台北火車站的玩家都無所遁形。

這黑衣人，就是夜王，阿努比斯。

而他現在要追逐的倖存者，卻是曾與他訂下生死盟約的老友，少年H。

一個若非身上負傷，就極可能將『獵人』變成『獵物』的危險分子。

也因為是少年H，才值得阿努比斯親自出手。

只是奇怪的是，此刻的阿努比斯沒有啟動他最拿手的結界，甚至連一絲具有攻擊性的靈波都沒有展現出來。

他只是走著，看似沒有目的，但卻沒有半點遲疑的走著。

終於，他的腳步停下。

停在一家裝潢簡單，外觀簡樸的商店街小咖啡店前，然後他輕輕推開了木門，隨著「叮噹！叮噹！」搖動的鈴鐺聲，阿努比斯走了進去。

沒有商店老闆，阿努比斯於是自己走到櫃台，動作熟練的沖了一杯黑咖啡，然後找到最旁邊的位子坐下，這一切的動作自然而然，彷彿是來過許多次的熟客。

而就在阿努比斯坐下後不久，他面前的咖啡杯前，又多了一杯熱騰騰的茶。

茶呈碧綠，飄著裊裊清香，與咖啡醇香彼此呼應，又各領風騷。

「你還是一樣，只喝茶？」阿努比斯看著眼前的茶，嘴角揚起。

「一直都是，未曾變過。」茶的主人也笑了，熟悉的輕鬆笑容。「就像你始終鍾愛黑咖啡。」

「是啊，」阿努比斯將背部靠在椅背上，閉上了眼。「我沒猜錯，你逃出來後，一定會在這裡。」

「當然。」茶主人依然微笑。「因為這裡是……當年我們訂下『七日之會』的地方啊。」

「是啊。」阿努比斯睜開了眼，看著眼前這個曾與自己約下七日之會的老友。

一個真正的老友。

少年H。

從地獄列車事件開始，後來潛入地獄遊戲，少年H帶著台灣獵鬼小組，而阿努比斯則成為台北地下的夜王，兩個人曾交過手，更曾並肩作戰，最後分開兩地，訂下了比誰都堅定的約定……七日之會。

如今，兩人在經歷了女神與濕婆的終極之戰後，依然回到當年他們最重要的地方，七日之會的咖啡館。

「我說啊，人喝什麼，就會像什麼。」少年H淡然一笑，「黑咖啡，苦而回甘，純正不二，就像是你對信念的堅持，阿努比斯。」

「茶，清香宜人，背後則蘊含無比豐富的深度與淬鍊，不也像是你的翻版嗎？」阿努比斯也笑。「少年H。」

「你果然了解我，所以你會來這裡找我。」少年H喝了一口茶。

「你也了解我，所以你一直在這裡等我。」阿努比斯喝了一口咖啡。

「能有你這樣的老友，真的不錯。」

「是很不錯。」

「就算最後，我們必須分出高下。」少年H微微一笑，「我還是要說，能有你這樣的老友，不錯。」

「同意。」

「所以，你要逮我了嗎？」少年H還是保持著微笑。「現在的你，收回了保護女神的三大聖器，全身元氣十足，應該可以說是你的全盛時期吧。」

「嗯，現在的我，大概比地獄列車上，強上百餘倍吧。」阿努比斯攪拌著咖啡。「而你，剛剛以身體承受濕婆的力量，和女神正面對決，加上從曹操血戰到現在，元氣不斷消耗，此刻的你，只剩下不足一成的力量了。」

「此消彼長，現在打，不出十招，我就會死在你手下，是這個意思嗎？」少年H笑。

「差不多。」

「那我們什麼時候要打？」

「當台北火車站……」阿努比斯攪拌著咖啡。「起霧的時候。」

「起霧？」少年H感到身體的肌膚，傳來一陣淡淡的冰涼，而當他抬頭，更發現周圍的景色慢慢陷入一片白色朦朧中。

「是，還記得我的絕招嗎？迷霧森林。」阿努比斯的臉，在濛濛的白霧中，漸漸的模糊了。

「記得，因為你在地獄的職業是農夫，操縱植物是你的專長，於是你發展出在霧中攻擊敵人的招數。」少年H看著周圍，越來越深的霧，小小的咖啡館，已經完全伸手不見五指。「你出這招，表示你認真了。」

「是啊。」阿努比斯整個人已經被濃霧團團遮蓋，連聲音都飄忽了起來。

「那就來吧。」少年H的拳頭微微握緊，然後一個黑白盤旋的小太極圖騰，在他的掌心出現。

這是少年H最基礎的力量，「黑白雙色」的可視靈波，只是，此刻就算少年H傾全力，也只能打出這樣大小的靈波。

一個只有掌心大小的靈波，能對全盛狀態的阿努比斯造成什麼樣的傷害？連少年H自己都沒有把握。

霧，越來越濃了。

濃到周圍看不到任何東西，濃到空氣彷彿要滴出白色的水滴。

「H，請了。」阿努比斯的聲音，已經不在少年H的正前方了，而是在濃霧的每個角落迴盪著。

「呼。」少年H眼睛慢慢瞇起，他知道不可能打敗阿努比斯，但他仍可以做一件事，那就是暫時讓阿努比斯失去行動能力。

只要數分鐘就好，讓其他的曼哈頓獵鬼小組的成員能夠離開。

只要數分鐘就好，只要擊中一次就好。

只要……

在這秒鐘，少年Ｈ猛一抬頭，他聽到了聲音。

那是非常細微的金屬撞擊聲，像是某個卡榫分毫不差的卡進另一個卡榫之中。

「你獵槍上膛了啊。」少年Ｈ感到自己手掌的靈波，正隨著自己的呼吸而起伏。「但你要知道一件事，就算是大霧，只要開槍就一定會有火花，我就知道你在哪裡了。」

「所以呢？你以為你會比我的子彈快嗎？」阿努比斯的聲音在霧中傳來，「我現在的子彈，威力與速度都比以前強上百倍！在你到我這裡之前，就會被子彈貫穿了。」

強上百倍？少年Ｈ苦笑，而同時間，濃霧中，一陣火光如花朵般綻放了。

短暫，微弱，讓人懷疑是否錯覺的火花，出現了。

「面對敵人的恐嚇也絲毫不妥協，果然是我老友啊，阿努比斯。」少年Ｈ大笑，身體往前衝去。「那就接我這招……太極掌吧。」

此刻，即便是永遠充滿自信的少年Ｈ，也知道此局凶多吉少了。

就算他掌握了阿努比斯的位置，他仍躲不過子彈，但少年Ｈ選擇前進，在濃霧中盡力衝刺。

因為這是唯一的機會，唯一能捕捉到阿努比斯的機會，就算他必須犧牲生命也無所謂。

他得讓貓女走，他得讓吸血鬼女走，他得讓狼人T走，現在還不是曼哈頓獵鬼小組全軍覆沒的時候。

「吼。」少年H傾全力衝刺，終於，他距離火花處，只剩下一公尺。

短短的一公尺，少年H把僅存的力量，全部都凝聚在掌心，期待他唯一且最後的一擊。

但也在這時，少年H看見了自己眉心之前的，那個東西。

一個鐵灰色，因高熱而微微泛紅的金屬，正在自己的眉心之前，高速旋轉著。

那是子彈，正是來自阿努比斯獵槍槍口的子彈。

「嘿，厲害啊。」少年H輕嘆，但他卻不閃不避，往前衝去。

他知道自己已經避不開了，阿努比斯可以自由控制子彈的方向，與其消耗靈力去避開子彈，還不如專注一擊，如果能在這裡留住阿努比斯，貓女他們才可能離開。

子彈，就要射入少年H的眉心。

而同一時間，少年H手中蓄積許久的太極靈波，也朝著火花處擲了出去。

同歸於盡，是少年H最後的絕招。

至少，得讓阿努比斯受點傷，留下來。

只是……在下一瞬間，少年H的眼睛卻陡然睜大，因為一件令他訝異萬分的事情，在這片濃到化不開的大霧中，發生了。

遠處，台北火車站的門口，一隻白鷹翱翔而出。

此刻的白鷹身體放大了約十倍，而乘坐在白鷹背上的，正是堪稱地獄遊戲中最強之人，女神。

「這裡就是地獄遊戲最強怪物聚集的地方？」白鷹說話了，底下一棟巨大但略微老舊的建築，正逐漸呈現在他與女神眼前。

這是一棟日式風格的建築，雖然三層樓高，卻不掩其莊嚴氣勢。

加上外頭來回巡邏的憲兵，以及不斷駛入駛出的大型黑頭車，都在在顯示這建築物裡面的那群人，非同小可。

「沒錯，這裡是被稱為台灣亂源，能量最強大也最混亂的區域。」女神等著白鷹收起翅膀，雙爪穩穩落地，「裡面的怪物，經過幾年來不斷的進化，早就超越了地獄公認的八大怪物，演化成最強大的第九種怪物……」

「第九種怪物……」白鷹低語。

女神輕盈的從鷹背一躍而下，「而且，這裡也是地獄新興的兩大武器之一，『嘴砲』的發源地，立法院。」

立法院？

這個堪稱台灣最高的民意機構，裡面所藏的怪物，的確不是普通的八大怪物能比擬的。因為他們是能夠輕易煽動台灣混亂，引發各種戰爭，輕易讓人們瘋狂與暴動的恐怖生物。

他們是立法委員，有史以來最強大的遊戲怪物。

「立法院的嘴砲？」白鷹瞇起眼睛，「從沒聽過這樣的武器，那第二種呢？」

「阿努比斯說，」女神微笑，「那叫做爆肝。」

「爆肝？」白鷹睜大眼睛，現在世界的武器已經進化成這樣了嗎？和他記憶中完全不同啊。

「這項技能主要是出現在大學生中，不知道是不是因為台灣大學生特別認真讀書？還是認真上網？導致所有的能量都累積到肝臟，只要遇到危險情況，肝一爆，數百公尺內的建築物與生物都會被毀滅。」女神說著說著，自己都笑了起來。「算是自爆型的武器。」

「嘻，人類真是有趣。」白鷹猛點頭，「總能自行演化出新的武器。」

「沒錯。」

「那我們現在就要見識到第一種新興武器『嘴砲』了嗎？」

「是。」女神輕巧的踏上了鋪著紅毯的台階，一步一步，朝著立法院邁進。「我很期待喔，人類們。」

女神往前邁進，同時間，也朝著威震地獄遊戲的路邁進。

台北火車站，七日之會的咖啡館。

濃霧中，少年H與阿努比斯正進行著一場殘酷的近距離對決。

少年H更決定以自己的生命，去換取其他獵鬼小組的安然離去，於是他不閃躲眉心的那枚子彈。

因為他知道阿努比斯的子彈會轉彎，那絕非說避就避的，於是少年H賭上了一切，他要同歸於盡。

只要讓阿努比斯受傷，就算自己失去生命也無所謂。

只是，接下來發生的事，卻讓少年H大吃了一驚。

他手上那僅存的太極掌，穿過了層層濃霧，抵達了獵槍火光之處。

然後，爆開。

阿努比斯中了這一擊，無疑的，是暫時無法動彈了。

然後，少年H苦笑。

因為接下來輪到他自己了，他唯一能做的，就是閉上眼，準備承受來自眉心必死的一擊。

只是，奇怪的是，少年H的眉心卻沒有一絲痛覺。

甚至連被硬物貫穿的感覺都沒有。

為什麼？他猛一睜開眼，看見了那枚子彈，竟在最關鍵的時候，緊急彎了九十度，然後繞過他的腦袋，射向後面的咖啡桌。

子彈射入咖啡桌，強大的能量將整張桌子瞬間銷毀，能量未盡，連背後的牆壁、地板，都被阿努比斯的能量吃出了一個大洞。

如此子彈，若射入自己腦袋，究竟會如何？少年H想都不敢想。

只是，子彈為什麼會轉彎？

為什麼會在關鍵時刻避開了自己的眉心要害，而射中了一個完全無害的目標？

解釋，只有一個。

一個讓少年H激動無比的解釋。

「阿努比斯……」少年H的手慢慢垂下，周圍的霧，正慢慢的退去，顯露出躺在地上，因胸口被重擊而受傷倒地的阿努比斯。

「嘿，沒想到，你受傷如此深，還有能力躲開我的子彈？」阿努比斯呼吸沉重，嘴角卻是揚起的。

「阿努比斯……這是你故意……」少年H低語。

「別說了。」阿努比斯伸出了手，「女神旁邊的荷魯斯之鷹，擁有最完美的聽覺和視覺，他會聽到的。」

「嗯，可是……」

「我只是做我該做的，堅持我的信念。」阿努比斯溫暖的微笑。「友情，向來也是我的信念之一。」

「嗯。」

「快離開吧，你避開了我的子彈，這是你應得的。」

「嗯。」

「只可惜的是，下一次見面，我們就必須分出生死了。」

「嗯。」少年H深吸了一口氣，他知道不能再遲疑了，他必須用最快速度找到安全的地方，否則以女神之能，很快就會找到他們了。

「快走吧。」

「阿努比斯，你要知道，就算有天我們必須分出生死……」少年H離去前，回頭堅定的說。

「嗯。」

「我們還是好友，可以一起喝咖啡品茶的好友。」

「一定。」阿努比斯微笑。

「一定。」少年H也微笑。

說完，少年H再度吸了一口氣，然後慢慢走出了咖啡館，他現在最重要的事，是把獵鬼小組們帶走。

因為女神已經擊敗濕婆，兩強對立的平衡狀態完全崩潰，接下來地獄遊戲的發展，恐怕會快到超乎所有人的想像了。

立法院。

女神走上了台階，迎面而來的，是兩個持槍的憲兵。

「這裡禁止進入。」憲兵抬頭挺胸威武的說。

他們不僅威武，更充滿自信，因為他們是立法院的守門憲兵，也是能輕易獵殺四十級以上玩家的高等怪物。

「你沒有靈魂，所以你們是遊戲本身製造出來的怪物？」女神一笑，「那我就不客氣囉。」

只是一笑的瞬間。

這兩個高等怪物，就消失在地獄遊戲裡面了。

「目前還不怎麼樣。」女神轉頭看向白鷹，「嗯，那關於轉播的部分，你準備好了嗎？」

「好了。」白鷹說，「人類在立法院裡面原本就架設了不少攝影機，只要再像阿努比斯所說，透過靈力和網路接軌，整個地獄遊戲都會觀看到這一幕的。」

「好。」女神點頭，然後伸手慢慢推開了眼前的大門。

這道象徵民主世界裡面最高機構的立法院之門，緩緩被推開了。

而推開的瞬間，女神卻笑了。

「阿努比斯，你沒說錯。」女神泛起興味盎然的微笑。「因為裡面的怪物，真的比較強，而且強很多。」

只見門後，哪裡是憲兵或消防隊員這些怪物可比擬的？

裡面的怪物，隻隻西裝筆挺，但他們有的身軀壯碩到兩層樓高，有的頭頂冒出銳利牛角，更有的擁有數公尺長佈滿利刺的尾巴。

這裡的怪物，不只內心，甚至連外型都已經完全怪物化了。

這些怪物正在台上互相搶奪著麥克風，發出尖銳且憤怒的咆哮聲，更不時丟擲紙張、紙鎮，以及桌椅，還有人拿著白布條發出怒吼，現場可說是一片混亂。

直到，他們發現了門旁邊這個不速之客。

一個秀色可餐的少女，正站在門口。

「很抱歉，我是來毀滅你們的。」女神等到白鷹飛入之後，小心翼翼的關上門。「在全國觀眾面前。」

「毀滅？」怪物們發出大笑，笑聲各式各樣，有的像是地鳴，有的像是尖嘯，更有的像是青蛙般咯咯咯咯的笑聲。

「準備好了嗎？」女神看向白鷹，白鷹飛到了其中一台攝影機的後方，用翅膀比出OK的手勢。「一，二，三……」

同一時間，怪物們發出怒吼，然後不約而同的，張開了他們的嘴巴。

「開始。」女神才說出了這兩個字，眼前怪物的嘴巴，也噴出了劇烈的火砲。

一發接著一發的嘴砲，朝女神方向飛來，將她眼前的世界，照成一大片白色。

「這就是嘴砲？」女神手往前伸，「果然是有趣的武器啊。」

這一剎那，女神，與上百名最高等級的遊戲怪物，正式對決。

而也在這一剎那，整個地獄遊戲的電視、網路、大型電子看板，甚至是手機畫面，都同時晃動，然後出現了他們對決的畫面。

「第一步，是顯示實力。」女神笑，接著靈波乍現，迎擊眼前數以千計的瘋狂嘴砲。

讓地獄遊戲所有的玩家，見識我女神伊希斯的實力。

少年H走出了咖啡館，館外的柱子附近，在等待他的，正是貓女等人。

一見到少年H安然從咖啡館走出來，貓女低呼了一聲，就朝著少年H撲了上去，雙手更激動的環住了少年H的脖子。

「太好了，你沒事。」貓女語音哽咽，一份真誠關懷之情，溢於言表。「我們好擔心你啊。」

「放心，我沒事的。」少年H輕輕的拍了拍貓女的手。

「阿努比斯沒殺你？」站在貓女背後，是素來冷靜的吸血鬼女，她眨著一雙金色的眼珠，看著少年H。

「他沒殺我。」

「難道……你早就知道了？」吸血鬼女講究的是戰術，每件事都計算得清清楚楚，她無法理解，阿努比斯為什麼不動手。「所以，你才敢一個人去赴約？」

「我不知道，我只能說，曾經猜過這樣的可能。」

「喔？為什麼？」吸血鬼女睜大眼睛。

一個願意為女神守護千年的男人，竟會在這關鍵時刻違背女神的旨意，她無法理解。

「因為，」少年H微微一笑，笑容裡面，是對友情這兩字，最真誠的信賴。「換作是我，也會幹一樣的事啊。」

吸血鬼女感到身軀一震，對事事講究道理，對敵人絕不容情的她來說，阿努比斯做出的選擇，不僅讓她感到震撼，更感到些許的迷惑。

阿努比斯，是一個什麼樣的人呢？

而就在吸血鬼女沉吟之際，狼人T忽然指向了火車站的電視螢幕，咦了一聲。

原本是專門播放各段行車時間，以及偶爾播放廣告的電視螢幕，如今竟然全部跳成同一個畫面。

那畫面，是一個由高級木材打造的議事殿堂，而殿堂中出現了一個不屬於那裡，也不該屬於那裡的人物。

美麗的少女，女神。

她以一人之姿，面對上百名張開大嘴，噴出各種火焰、雷射，以及毒氣的怪物。

「那是女神……」狼人T喉嚨咕嚕一聲，「她想要幹嘛？」

「女神……」吸血鬼女也仰起頭，眼睛瞇起，「她想要顯示實力。」

「實力？」狼人T皺眉。

「立法委員，是被喻為遊戲中凌駕於八大怪物的第九大怪物，表面上是由民意所選出來的代表，但事實上卻都是擁有新型武器『嘴砲』的高級強者。」吸血鬼女表情嚴肅。「女神直接單挑立法院，是要在地獄遊戲中證明自己的實力。」

「證明實力之後，又能怎麼樣？」狼人T回想起剛才女神釋放白色圓球時的畫面，那種純粹與絕對的壓倒性力量，實在讓他心有餘悸。「她超有實力，我相信啦。」

「她就能組團了，喵。」這時，沉默的貓女開口了。

「咦？」所有人同時看向貓女。「組團？」

「別忘了。」貓女嬌俏的站著，露出完美的身材曲線，而這一站立的動作中，卻透露出一股無法言喻的迷人與狠勁。「伊希斯她進入地獄遊戲的目的，和每個玩家都相同。」

「相同？」

「她的目的，就是進入夢幻之門。」貓女眼睛瞇起，柔媚的眼中是凜冽殺氣。「破關地獄遊戲啊。」

破關地獄遊戲？所有人想到這裡，都不禁吸了一口涼氣，因為他們知道……

如果是女神，恐怕真的做得到啊！

立法院內。

女神一名嬌弱女子，面對上百名已經完全怪物化的立法委員，面對上千發源源不絕的嘴砲，她只是淡淡的微笑。

然後掏出了死者之書，從裡面拿出了一張牌。

一個脖子被綁上繩子，懸吊於空中的男子。

吊人。

「吊人代表著僵局。」女神拿起牌，對著所有的立委，微微一笑。「限制你們的行動吧，吊人。」

只見吊人牌綻放猛烈白光，盈滿了整個立法院，而當白光散去，第一波攻擊的立委，包括他們的嘴砲，已經完全無法動彈了。

只見女神走了過去，把幾個立委的身體轉了方向，讓他們面對面。

然後再度舉起「吊人」這張牌，女神輕輕喊道：「結束僵局。」

僵局一結束，所有的立委再度擁有了行動能力，但嘴中的嘴砲已經發射，完全無法阻止的情況下，開始無情的互轟。

被轟中的立委惱羞成怒，於是也張開嘴，展開嘴砲還擊。

於是，數分鐘內，數十名立委以嘴砲胡亂互轟，嘴砲的類型從教育、財經、政治、環保，甚至是你家養狗胡亂大小便、國中霸凌問題、誰誰的車子亂停，還有公共場所的廁所花了多少人民公帑，全部成了嘴砲的火藥，狠狠的彼此轟炸。

在一旁的女神則看得皺起眉頭，「我怎麼覺得，他們彼此轟炸，炸得很習慣了？」

過了數十秒，數百發嘴砲交錯亂炸之後……數十名立委已經消失，只留下一地黏答答的口水。

女神小心的繞過口水，繼續往後方的立委邁進，剩下的立委則嚴陣以待，紛紛亮出法寶。

一罐黑色的飲料，上面寫著「不知道從哪裡來的證人與證據」，然後立委們仰頭把飲料灌下。

接著，他們張開嘴，同樣打出了嘴砲，而這次嘴砲的顏色至黑至濃，宛如柏油，朝著女神噴來。

「這是抹黑。」女神看了白鷹一眼，白鷹這樣下了註解。

「遇到抹黑，最簡單的方法就是不回應。」女神手一揮，這次是另一張牌「皇帝」。與皇后的絕對吸力相反的，是皇帝的絕對斥力。

所有的抹黑嘴砲一碰到皇帝，全都反彈回去，盡數潑回立委身上。

這些立委們全身被黑色柏油沾黏，發出幾聲慘叫後，就被黏在地上再也不能動了。

女神繼續前進，此刻的她，已經擊敗了將近三分之二的立委，只剩下坐在前三排認真看卷宗的立委，以及少數盤據在議事桌前的立委。

坐在前三排的立委，對女神的到來似乎視而不見，只是自顧自的翻閱著文件，認真的審查法案。

女神並沒有對他們施展攻擊，反而微笑走過，並且語帶鼓勵的說：「還是有好的立委，你們要加油喔。」

當女神走過了前三排，她來到了會議桌的前方。

女神知道，這裡應該就是最強的立委怪物了。

只有最強的立委怪物，才有資格一直盤據著會議桌不走，讓其他人無法質詢。

而這隻立委的形態也更為驚人，他宛如一頭大蜥蜴，背上全部都是數公尺長的尖刺。他看見女神，發出咯的一聲，張開了口。

口中射出的，是目前為止最強的一發嘴砲。

這嘴砲又黑又強又猛，裡面更能清楚聽到一個吼聲。

「都是阿共仔的陰謀啦！」

女神皺眉，因為她胸口的書已經浮現，第三張牌自己跳出，那是曾經刺穿少年H胸膛的那把劍。

正義。

「正義，你忍不住了嗎？」女神搖頭嘆了一口氣。「那就去吧，做你該做的事。」

只見正義之劍在空中微微一頓，立刻咻的一聲射出，白光頓時穿過那隻佈滿尖刺的最大立委，立委倒地，一大蓬的口水整個潑開。

擊敗了議事桌上的巨大立委怪物，女神看到了最後一個立委，他坐在主席台上，用畏懼的眼光看著女神。

「認輸了嗎？」女神微笑。

「要不是我們立委出席率太低，我們才不會輸得這麼慘。」主席低下了頭，用議事槌用力搥了一下桌面，然後開口道，「通過……女神全面獲勝！」

女神全面獲勝。

這一秒鐘，透過現場數十台的攝影機，透過千絲萬縷的網路連線，更透過無所不在的電子看板與電視牆，傳播到每個玩家的眼中。

立委怪物被擊敗了？

堪稱最強的第九種遊戲怪物，被一個女孩在短短數分鐘內，完全擊潰。

所有的玩家同聲歡呼，彼此擁抱，彷彿迎接新的世紀。

只是，當鏡頭全部轉向這女孩，這女孩卻宣佈了一件讓所有人完全措手不及的事。

「嘻，大家好，我叫做伊希斯。」女孩雙手負在背後，模樣可愛。「你們可以叫我女神。」

所有的人一起屏息看著畫面，不只因為剛才她單挑全部立委怪物的氣勢，還包括了她模樣實在可愛。

「我在這裡宣佈，我想要組隊。」女孩笑容可掬的說，「而且，我想要組成最強且唯一的隊伍。」

最強且唯一？全國的玩家面面相覷。

地獄遊戲史上，強者如林，當年的南霸天「織田信長」與「曹操」，新竹的「白老鼠」，到後來的北部的四大團隊，神祕的夜王集團，甚至是始終不墜的「天使團」，這些強者都是一時之選，但經過這麼久，他們有些崛起有些沒落，都始終沒能完成「最強且唯一」團隊的夢想。

所以夢幻之門，遲遲未能被打開。

如今，一個剛進入遊戲的小女孩，竟發下這樣的豪語？

「我想，大家都很想打開夢幻之門吧？所以我希望你們每個人都加入我的團隊，每個人喔。」女孩微笑，「只要每個人都是同一個團隊，就不會有其他隊伍了。」

每個人都加入？所有玩家詫異的竊竊私語。

「如果你還不想加入，或是對我組隊的實力有懷疑的，可以來挑戰我。」女孩語音保持著甜美，「我就在台北火車站，在今天晚上十二點以前，只要你能擊敗我，組隊的事，就換你當老大。」

今天晚上十二點？每個人下意識的看了看自己的手錶，距離十二點，還有十二個小時左右。

「若十二點以前沒人能擊敗我，那就請加入我，若你兩個都不選……」女孩說到這裡，綻放出最燦爛的笑容。「那你應該會知道，我是怎麼擊敗立委的。」

十二點？玩家們你看我我看你，這女孩好大的野心，竟要在進入遊戲十二個小時以內，完成玩家花了數年都無法做到的事，開啟夢幻之門。

但從她隻身殲滅立委的樣子來看，她，也許真的做得到。

「記住，十二點。」女孩對著螢幕，比出了一個「YA」的手勢。「我等你們的決定，若決定要加入我的團隊，就按下 Yes 吧。」

按下 Yes 吧。

這一秒鐘，遊戲給予玩家的指環上，都一起出現了組隊的邀請。

那是一個投影幕，上面有兩個選項，一個是「Yes」，一個是「No」。

而就在女神轉播結束的十秒鐘內，選Yes的人數，激增到四十萬人。

這表示，整個地獄遊戲中有十分之一的玩家，都做出了選擇。

而另外十分之九呢？

他們有的人原本就隸屬於相當強大的團隊，例如天使團，或是白老鼠團，但還有另外一群人他們開始摩拳擦掌，想要挑戰女神。

這可是一個千載難逢的機會，一躍當上遊戲中最大團隊的王。

於是，整個地獄遊戲最混亂的時代，在女神的到來後，正式被揭開了。

少年H等四個人離開了台北火車站，而就在他們遲疑的停在門口之時，一台計程車像是嗅到了血的掠食者，直接停在他們面前。

「要上車嗎？」狼人T低聲問。

「嗯。」吸血鬼女說，「我們還是得快點離開這裡，免得女神回來。」

「可是，我們該去哪？」狼人T看了看所有人。「我們還能去哪？」

我們還能去哪？

這句話，當真道盡此刻四位英雄的心境。

女神崛起，以強大無敵的姿態，先是一招敗白起，再來是輕鬆擊潰他們四個，最後連與女神站在同一級數的濕婆，都因為未盡全力而敗北。

然後，女神更透過整個地獄遊戲的現場直播，毀滅萬惡之源立法院以揚威，訂下十二點的挑戰書，屆時若無人能擊敗她，她在地獄第一天團的地位，肯定牢不可破。

大半地獄玩家都將是她的團員，獵鬼小組四人還能去哪？還能躲多久？

女神不愧是女神，一出手，就帶來比濕婆更強大百倍的壓迫感與絕望感。

「我們能去哪？」這問題，竟連少年H也陷入沉思，他思考的是，此刻的他們，還有多少盟友可以相信？

他連誰是站在女神那邊？誰不是？都無法肯定。

「欸，客人，你們討論很久咧。」此時，一直停在他們面前的那台計程車司機，搖下了車窗，開口了。「你們到底要不要坐咧？」

「我們還在討論，可以請你等一下……」吸血鬼女解釋道，只是令她感到微微詫異的是，聽這司機的聲線，是女生？女性的計程車司機，似乎比較少見啊。

「如果你們想不出來咧，我是可以給你們一點意見咧。」那女司機口氣帶著濃濃的台味，「如果你們想要體驗一下……台北人擠人的威力，可以去看看花博；如果你們想要體驗一下腳踏車擠腳踏車的感覺，可以去淡水；如果你們想知道車擠車的狀況，建議走那些正在週年慶的百貨公司路線……」

「妳這司機有夠囉唆……」狼人T聽得頗不耐煩，正要抽起爪子給這司機一點教訓，忽然少年H手一伸，阻止了他。

狼人T詫異的看向少年H，卻在少年H眼中發現了興奮光彩。

「但，如果……」女司機不管狼人T，自顧自的說著。「你們想要找盟友。」

「盟友？」

只見女司機慢慢的摘下帽子，露出下面一張熟悉的女子臉龐。

那是一張沒有吸血鬼女與貓女如此驚人絕色，但也堪稱美麗的女子臉龐。

「你們想要找盟友。」那女子笑了。「那不妨來找我們，天使團。」

下一刻，少年H也笑了。

「了解，親愛的老友，好久不見啦。」少年H笑著說，「台灣獵鬼小組中的蜘蛛女，娜娜。」

台灣獵鬼小組中的娜娜，帶著最神祕天使團的訊息，親自駕到。

第六章　女神與鍾小妹

女神解決了百餘名立法委員，她手上的指環，已經從本來的無色，化成了最尊貴的白色。這是團長的顏色。

而且，她現在已經是擁有四十萬團員的天團團長。

她回到了台北火車站，看到了扶著胸口，慢慢走來的阿努比斯。

「你回來了。」女神拉了一張椅子，擺在台北火車站內部廣場的中央，手上則拿著一本古書，名為《酉陽雜俎》的中國古籍。

「嗯。」阿努比斯欠身，對女神行了一個禮。

「你的傷不礙事吧？」女神沒有抬頭，「要我用神力幫你治療嗎？」

「不用，請您保留力量，這樣的傷，我數小時內就會痊癒了。」

「那就好。」女神再度低下頭，繼續翻著她的書，「這書挺有趣，是一個中國唐朝人寫的，像是唐朝的鬼故事，剛剛偶然在立法院撿到的，讀起來頗有趣，如果有人改編成現代小說，一定更好，啊，就叫『酉妖怪』好了！」

看著女神如此悠閒的態度，阿努比斯終於忍不住，問了。

「妳不問問我……是否擊殺少年H？」

女神終於抬起頭，看著阿努比斯，溫柔一笑。

「既然你已經負傷回來了，我又何必再問呢？」

「是。」阿努比斯感到背脊微微一涼，低下了頭。

這一秒鐘，阿努比斯知道，女神已經完全知道了一切，包括阿努比斯放了少年H離開，並故意承受少年H的一擊。

女神太厲害。

而她那看似完全不在乎的態度，更讓阿努比斯感到女神的高明。

高明到讓他再度敬畏，就像是小丑召喚不出他內心的恐懼，因為恐懼的源頭，就是阿努比斯發誓要守護的女神。

「等會兒，就會有很多挑戰者來找我了。」女神細細讀著手上的書，「你就幫幫荷魯斯，把這一切轉播到整個地獄遊戲吧。」

「嗯。」阿努比斯看了看周圍，六台攝影機，從各種角度拍攝著正在閱讀的女神，她讓人崇敬且優美的姿態。

「還有十一小時又五十六分，」女神看了一下車站時鐘，露出笑容。「我猜，十二點以後，至少會有八成的人加入我們。」

「八成……」阿努比斯看著四周，女神只花了一天，就做到數十個團隊花了數年都無法完成的事情？

「到時候只要再加把勁，就可以一口氣擊退那些不妥協的團隊了。」女神的注意力再度回到了手上的書，「在這段時間裡面，我要你幫我留意一個人。」

「留意一個人？」

「一個稍微能威脅到剩下三成力量的我……的人。」女神翻了一頁。「一個長了一對透明昆蟲翅膀，複眼上千顆的傢伙。」

一對透明昆蟲翅膀？

這一秒鐘，阿努比斯懂了，女神仍在意的人，究竟是誰了？

一個始終阻礙女神復活，一個權傾地獄，一個實力至今成謎的黑色高手。

他，就是蒼蠅王。

他，是桌面上最後一張，還沒被掀開的王牌。

一台戰鬥機，正在桃園上空翱翔著。

戰鬥機上，坐著一男一女，負責駕駛的男生，正手忙腳亂的操作著眼前複雜的電子儀器，而背後的女生，則也透過靈力，拚命穩住這台搖搖欲墜的戰鬥機。

他們就這樣顛顛簸簸的，飛過了新竹與桃園的上空，來到了這裡，由密密麻麻的建物所組成的都市叢林，台北市。

飛機上的他們，是濕婆之子——孔雀王，和鍾馗之妹——鍾小妹。

只是在這片混亂中，孔雀王卻開口提了一個奇怪的問題。「欸，鍾小妹，其實有個問題，我一直不懂。」

「嗯？」

「看妳又聰明又有正義感，」孔雀王緊抓著方向搖桿，努力把問題給問完。「怎麼會幫地獄政府裡面的蒼蠅王效命啊？」

「咦？你看起來傻歸傻，怎麼知道我替蒼蠅王效命？」鍾小妹用手上的毛筆，不斷寫著『飛』一字，此字擁有兩對強壯的翅膀，不斷飛到戰鬥機的腹側下方，支撐著這台快要解體的戰鬥機。

「別老是說我笨嘛。」孔雀王鼻子噴出兩道氣，「我也有在觀察的。」

「哼，我知道，一定是你哥象神說的吧？」鍾小妹又寫了一個『飛』，所以就算戰鬥機剛剛又掉了一個輪子，但還是往上拉高了幾公尺。

「咦？妳怎麼知道？」孔雀王睜大眼睛。

「象神很聰明，這大家都知道的。」鍾小妹歪著頭，「但他怎麼連這都知道……」

「嗯，因為我哥和蒼蠅王很熟啊，認識至少百年囉，他們同樣都是神級的第二代，又有理想，年輕時兩人意氣相投，甚至還一起上過地獄的學校咧。」

「是嗎？」鍾小妹眼睛大睜，她雖然效忠於蒼蠅王，卻不了解蒼蠅王的過往，沒想到，這個嚴肅且心機深沉的蒼蠅王，竟然也有年輕的時候。

而且年輕的時候，還與印度神系第二代「象神」是知交好友？

「不過我哥象神，近來卻很少提蒼蠅王了，好像從某次去拜訪蒼蠅王之後開始，我記得那天我哥回來，只淡淡的對我說……」孔雀王回想起這一段往事，慢慢的說著，「蒼蠅王變了，變得不像以前了。」

「哪裡變了？」

「我哥沒明說。」孔雀王抓了抓腦袋的羽毛，「但看得出來，我哥有些失落。」

「喔。」鍾小妹知道再問下去不會有結果，只微微嘆了一口氣。「蒼蠅王的改變，其實只要是他比較親近的下屬，都隱約看得出來，但我仍會追隨他，是有理由的。」

「什麼理由？」

「也是因為我哥哥。」

「妳哥哥說的是鬼王……」孔雀王睜大眼睛，「鍾馗嗎？」

「沒錯，就是鍾馗哥哥。」鍾小妹眼睛凝視著窗外的藍天，並努力忽略飛機雙翼上不斷掉下去的卯釘和金屬片。「我哥啊，是我見過最有夢想的人，他夢想要用自己的雙手，去打造一個沒有妖魔危害的人間與地獄，而蒼蠅王賞識他，給了他機會。」

「嗯……」

「他遴選我哥當上地獄政府的鬼王，擁有斬妖除魔的權力，甚至獵鬼小組這四個字，就是當年在我哥強烈建議下，蒼蠅王替他奔走成立的。」

「是喔，這獵鬼小組……當年就是妳哥和蒼蠅王共同……成立的？」孔雀王又抓了抓頭頂的羽毛。「聽起來，蒼蠅王不壞啊。」

「蒼蠅王如此賞識我哥，所以我很感謝他，所以今天就算我哥求仁得仁，死在羅剎王手下，我仍欠蒼蠅王一份情。」

「嗯。」孔雀王點頭。「那時候的蒼蠅王，也許就是我哥哥欣賞的老友吧，只是不知道從何時開始，他變了……」

「也許，改變，是一種迫不得已吧……咦？等等！」鍾小妹說到這，微微頓了一下。「我們的飛機開始下墜了？」

「是啊，因為原先設定的地點快到了，沒想到國軍的飛機破歸破，還是會飛到目標。」

孔雀王透過駕駛艙的玻璃往外看去，底下的小點正不斷的擴大。

小點逐漸清楚，已經能分辨出那幢紅色的日式建築物，正是台北火車站。

「等等。」鍾小妹注視著台北火車站，忽然臉色變了。

「幹嘛？」

「拉高飛機！」鍾小妹突然提氣尖叫。

「為什麼？為什麼？」孔雀王手忙腳亂，但此刻的飛機早就到了極限，他又要怎麼拉起飛機？

「台北火車站裡面，有股力量。」鍾小妹雙手緊抓座位把手，放聲大叫，「非常危險。」

飛機仍持續下墜，已經完全無法控制了。

「有力量很危險？以我們的實力還怕什麼？」

「別傻了，那力量……」鍾小妹感到背脊全部都是汗，「是神的力量啊。」

此刻，飛機已經完全失控，直接撞入了台北火車站屋頂，更激起無數磚瓦飛騰。

連帶的，鍾小妹與孔雀王也隨著飛機強大的撞擊力，一起衝入台北火車站。

同時間，坐在火車站一樓大廳，女神，正悠閒的看著書。

忽然，她嘴角隱約一笑。

「有一個有趣的挑戰者來了，」女神翻了一頁，頭沒抬起，只是慢慢的自言自語，「還是從上面來啊。」

遠處，娜娜開的計程車載著少年H等人，離開了台北火車站，到了附近的麥當勞。

只見娜娜下了車，帶著眾人到了點餐櫃台。

只是讓少年H等人驚訝的是，娜娜認真的端詳了菜單數秒後，她抬起頭，微笑。

然後對著身穿麥當勞服裝，耳朵掛著耳機，嘴邊黏著麥克風，笑容可掬的店員，說了這句話。

「我要一份……全家餐！」

「全家餐？」這一秒鐘，連狼人T的臉都扭曲了，因為任何有吃過台灣速食店的人都知道，全家餐是麥當勞死敵「肯德雞」的招牌餐點，九塊炸雞加上兩罐可樂，是每個放棄減肥族群的最愛。

而麥當勞與肯德雞這兩家速食店在台灣纏鬥多年，殺價一起殺，折價一起折，連漲價都互不相讓，它們是標準的死敵啊。

在麥當勞點肯德雞全家餐，不是在開玩笑嗎？

而店員的表情則是一愣，「全家餐？」

「是。」

「那種有雞腿、有雞翅、有雞塊，熱量高到可以登上聖母峰的肯德雞全家餐？」

「是。」娜娜表情堅硬如石，用力點頭。

「請……請等一下！」店員表情扭曲了一下，急忙手捏麥克風，轉過頭低聲說了一串話。

這時，狼人T緊張得團團轉，「怎麼辦？如果我們得罪了麥當勞，以後還可以在這裡吃漢堡嗎？你知道我特愛這裡的薯條……」

只見店員終於與麥克風那頭的人溝通完畢，然後轉過頭，帶著僵硬的笑容說：「我們店長，請你們上三樓。」

「三樓嗎？好。」娜娜一笑，對著少年H等人招了招手，「我們上三樓。」

「三樓？」吸血鬼女抬起頭，她回想起剛剛從建築物外觀看到的印象，這棟樓，不是只有二樓嗎？

但見娜娜的背影毫不遲疑的跟著店員，爬上了一層又一層的階梯，而少年H緊跟在後，顯然對娜娜抱著絕對的信心。

緊跟在後面的是對少年H百分之百信賴的貓女，以及不喜歡用大腦戰鬥的狼人T，只有向來機警的吸血鬼女感到一絲不妥。

他們都沒有警覺心嗎？

這個娜娜雖然與少年H是舊識，但經過這麼長時間的地獄遊戲洗禮，難道不會變嗎？

她若是女神派系派出來的殺手，這不存在的空間「三樓」，恐怕就會是曼哈頓獵鬼小組最完美的處刑場。

眾人不斷往上走，先是進入了二樓，穿過一桌又一桌大口吃漢堡，高聲談笑的人們，店員停在最角落的一桌前。

這一桌只有一個人坐著，他面前有台筆記型電腦，而他一手打字，一手則抓著頭髮，嘴裡喃喃自語，「好難寫，這故事好難寫啊。」

「對不起，打擾一下。」店員客氣的說。「這群人要去三樓。」

「三樓？」那個人抬起頭看了娜娜一下，又看了少年H等人一眼。

「對。」

「這麼多人進三樓，好嗎？」那人看著娜娜，似乎在詢問。

「當然，我用我的四對翅膀擔保。」娜娜抬起頭。「絕對不會有問題。」

「既然妳都願意賭上翅膀了。」那人笑了一下，手指快速在電腦鍵盤上移動，「那就讓你們進到三樓吧。」

說完這句話，這人順手把螢幕一轉，讓螢幕正對著娜娜和少年H等人，露出憨傻的笑容。

「歡迎光臨啊。」

這一剎那，電腦的畫面陡然放大，宛如一頭鱷魚張大嘴巴朝所有人吞來。

隨即，吸血鬼女懂了，這不是螢幕放大，而是自己縮小了。

「糟糕！」她驚覺事情不對，提氣大吼，「這是操縱空間的能力者，一掉入空間內，我們就只能任他宰割了！」

但吸血鬼女的提醒太慢，螢幕化成的鱷魚大嘴已經闔上，砰的一聲，所有人一起陷入黑暗中，被螢幕給吞噬了。

當獵鬼小組瞬間消失在電腦螢幕中，這人又把筆記型電腦轉回面對自己，繼續剛才單手抓頭髮的困擾姿態。

而他嘴裡，更是繼續喃喃自語的抱怨，「寫到這裡又卡關了，陰界黑幫三怎麼這麼難寫啊，琴和柏他們兩個要怎麼重逢？而小靜呢？她該是哪顆主星呢？」

台北的上空，除了失控墜入台北火車站的戰鬥機外，還有一台飛行物體，正嘿咻嘿咻的努力前進著。

那是一台腳踏車。

「快點啦，笨蚩尤。」九尾狐坐在後面，忍不住嘟囔。「人家架都快打完了，你還在這邊慢慢騎。」

「這也不能怪我啊。」土地公奮力的踩著踏板，已經踩到身體都站了起來。「可能是我載了某種很重的東西吧。」

「載了某種很重的東西？」九尾狐先是一呆，然後臉色驟變，用拳頭拚命揍著土地公的背。「你是說我胖？你這笨蛋！笨蛋！」

「好啦好啦，開玩笑的咩。」土地公唉了兩聲。「妳再揍下去，我就騎不動了，到時候掉到淡水河裡面，我們就要改用游泳的到台北市了。」

「那你還不道歉。」九尾狐雙手扠腰。

「道歉道歉，當然道歉。」土地公吐了吐舌頭，此刻嘻皮笑臉的他，很難想像剛才女神與濕婆決鬥時，他展現的駭人霸氣。「不過雖然慢，但重點有趕上就好。」

「重點？」

「女神設下戰局，吸引各方高手來挑戰，除了證明自己實力，其實更聰明的是，逼出檯面上僅剩的王牌。」土地公笑。

「檯面上的王牌？」九尾狐哼的一聲，「要說王牌，還有誰比你大張？」

「不是不是，我和聖佛有打賭，不能介入這場戰鬥太深。」土地公拚命搖手，「妳別害我。」

「那你說的是誰？」

「檯面上的最後一張王牌。」土地公笑。「我猜會在今晚十二點以前，正式掀開啊。」

「嗯，最後一張王牌……」九尾狐歪著頭想了一下，「笨蛋蚩尤啊，其實我覺得有點累了，我猜讀者也覺得我們這樣很不長進。」

「咦？」

「我們是不是也該認真的回到故事主線了。」九尾狐手托著下巴，「不然大家都忘記我們有多強了。」

「這樣講好像也是。」土地公笑了。「那我想辦法讓妳去搗蛋一下。」
「搗蛋？」
「去鬧一鬧女神的場子啊，若是讓她這麼容易拿到天下，豈不無聊？」
「呵，」九尾狐搗著嘴笑了，「你真的很壞。」
「當然，我原本就是唯恐天下不亂的，超級壞蛋啊，哈哈。」土地公大笑，笑聲迴盪在整片台北天空之上。
這一笑，彷彿在昭告著，群雄即將匯聚的豪壯氣氛。

台北火車站。
女神安然坐在大廳中心，翻閱著手上的中國古書，而以她的雙腳為圓心，則往外畫上了一圈又一圈的白線。
白線上面被標記著十公尺、二十五公尺、五十公尺，以及最外圍的一百公尺。
最外圍的一百公尺之外，則撒落了密密麻麻的一地道具，那是玩家被完全殲滅之後，所留下的痕跡。
「到現在為止，都還沒有人能突破一百公尺啊。」白鷹荷魯斯昂然立於一旁，滿臉不屑。

「這地獄遊戲真的有那麼了不起嗎？連個像樣的高手都沒有。」

「高手很多。」身穿黑衣的阿努比斯，立於女神的另一側，對著荷魯斯搖了搖頭。「你為保護女神，隨女神一同封印入三聖器中，所以你不知道……」

「是嗎？阿努比斯。」荷魯斯冷笑兩聲，「我不知道當初女神為什麼選你留在外面，而不是我，若是我在外面，今天女神一解開封印，除了濕婆以外，其餘對手都會被我給清除掉了，哪像你如此不濟。」

「是嗎？」

「而且竟然連一個靈力幾乎耗盡的獵鬼小組都沒抓到，還搞到自己受了重傷。」荷魯斯眼睛瞇起，「我真不知道，該懷疑的是你的能力？還是腦袋？」

「嘿。」阿努比斯沒有再爭辯，只是垂下眼，立於一旁。

荷魯斯的本體是年輕的白鷹，翱翔在天際俯瞰眾生，向來就是心高氣傲，目中無人，而阿努比斯的本體是黑色胡狼，在荒野與飢餓中求生存，練就一身堅強且深沉的意志。

阿努比斯不打算與荷魯斯爭辯，因為他知道，他們原本就不同。

那麼女神為何決定讓他在外，而荷魯斯隨女神自己被封印？也不是阿努比斯想去干涉的。

只是突然兩人的爭辯結束了，因為他們都同時感受到，下一個挑戰者來了。

而且，還是最有氣勢的一種出場法。

開。

那就是帶著整大片的天花板，一同墜落。

女神沒有仰頭，依然優雅閱讀，而所有磚瓦碎屑，在距離女神一百公尺的上方，自動彈開。

就在這片煙塵之中，兩個挑戰者人影現身。

其中一名女子，正是鍾馗之妹，鍾小妹，只聽她提氣大喊，「快走，孔雀王，我們掉到一個危險的地方了。」

「進入結界，視同開戰。」女神依然沒有抬頭，只是淡淡的說，「你們不知道，這是現場直播的嗎？」

「我們並不想和妳打。」鍾小妹看著女神，她發現自己只是看著眼前的少女，竟然就讓她渾身發抖。

宛如青蛙在池塘畔見到了蛇，那種渾身無力的戰慄。

「你們並不想和我打？」女神到此刻，終於把頭抬起，露出溫柔的笑容。「鍾小妹，鬼王鍾馗之妹，擅長以靈筆書寫，永字八法寫得出神入化，稱得上是武智兼備的新一代美女，我有說錯嗎？」

「沒有。」鍾小妹再次感受到不寒而慄，這是與吸血鬼女相同的驚恐。

先不說女神被封印了上百年，光是她就算身處高位，仍能輕易說出每個人的來歷，就夠可怕了。

同時擁有情報和武力，這樣的女神，實力比想像還強太多了。

「孔雀王呢，」女神把眼睛移向站在鍾小妹身後，正在努力拍去灰塵的孔雀王。「濕婆的第二個兒子，雖然沒有哥哥象神來得聰明，但能自由操作『爆炸』，也是一名高手，對吧？」

「嘿，妳這漂亮的小女生不錯，知道老子的大名。」孔雀王完全不知道狀況，只是得意的翹起鳥嘴。「等一下，要我幫妳簽名嗎？」

「簽名倒是不用。」女神嘻嘻一笑。「但你們兩個人，一個是地獄政府的使者，一個是印度神系的第二代，你們覺得……我該放過你們嗎？」

你們覺得……我該放過你們嗎？

這句話一出，鍾小妹感到腳底一涼，她低下頭，更看見地上那條五十公尺的白線正朝自己的方向快速推移。

「地上的線正在往外擴張欸。」孔雀王也低頭，還是一臉無知，「原來粉筆字也可以自由擴張啊，這粉筆哪買的啊？真不錯。」

「不是粉筆移動的關係啦，移動的是我們！笨孔雀！」鍾小妹右手扶住額頭，孔雀王的狀況外，已經快讓她接近崩潰。「是她，把我們拉進去了。」

「咦？是我們被拉進去？」孔雀王猛然抬頭，「妳這少女很厲害啊，竟然可以不知不覺拉動老子。」

「厲害我是不敢說啦。」女神嘻嘻一笑，「只不過剛剛碰巧，打敗你爸爸而已。」

「打敗……我爸？」孔雀王眼睛大睜。「妳打敗我爸？」

妳打敗我爸？妳打敗濕婆？

然後就在這一刻，孔雀王兩人的雙腳已經逼近了地上白色的五十公尺線。

「開戰就開戰。」鍾小妹一咬牙，因為她發現自己竟然完全無法抵抗這股拉力，彷彿就像是一種真理般牢不可破，面對這樣的真理，她只能採取唯一的辦法。

那就是迎擊。

鍾小妹一轉身，伸手入懷，然後猛力往外一拉。

這一拉，拉出了一支造型細巧的毛筆，還有一條飄揚在空中，輕盈而美麗的墨線。

「女神的力量純粹，須以純粹的力量對付。」鍾小妹低喊，同時間她手上的墨線快速纏繞起筆頭，形成了一個字。

火！

此字來自於中國最古老的象形之字，宛如冬夜中被點燃的火焰，化成一顆大型的子彈，朝女神而去。

「中國字比起我們的楔形文字，是美了些。」女神一笑，「可惜此字純粹有餘，威猛不足，到不了我的二十五公尺防線。」

果然，在女神純白如冰的結界中，火焰子彈縱然一開始急速奔馳，但還沒到二十五公尺的界線，就已經逐漸黯淡，火光由紅轉灰，轉眼就要熄滅。

「果然到不了二十五公尺，但一字不行……再來呢？」鍾小妹一咬牙，手上靈筆再度揮出，這次的動作更大，而隨風飄揚的那條墨線又更粗上幾分。

隨著墨線豪氣甩動，第二個字也出現了。

火，還是火。

第二個火字燃燒得更旺，速度更快，宛如一枚戰車射出的砲彈，衝向剛剛前方的第一個火字。

兩火相接，威力不只加倍，足足大了十倍有餘。

因為此刻已經不是火了，而是「炎」字。

炎字合成一個巨大的戰車砲彈，夾著滾滾氣勢，朝著女神方向再度推進。

「中國字竟然可以彼此相加，而且威力還增加了十倍有餘。」女神歪著頭，露出欣賞的微笑。「我喜歡，但妳想……這字真的過得了十公尺嗎？」

十公尺。

女神設下的第二道防線。

只見那個炎字，一口氣衝入了二十五公尺防線，卻在十公尺之前，就開始猛一減速，彷彿遇到了強大的冷風阻抗，不只是速度變慢了，剛剛光華耀眼的火焰，也快速衰弱起來。

「還有嗎？」女神單手捧著書，露出興致盎然的表情。「鍾小妹，我承認妳操縱靈力的技巧非常高明，但妳最大的弱點，也是妳一直想掩飾的，就是靈力不夠深厚。」

說到這裡，女神微微一頓，露出溫柔的微笑。

「這樣的妳，當真能連續操縱三個字嗎？」

鍾小妹的額頭冒出一顆一顆的汗珠，沒錯，女神一語道破的，正是她的弱點。

雖然她寫的永字平衡到足以破壞北海冰壁，雖然她可以透過識破羅剎王的弱點而瞬間獲勝，但她始終無法改變自己努力掩蓋的事實。

她擁有驚人的頭腦和巧勁，但沒有足以對應的深厚靈力。

這並不是因為她不夠努力，而是天分。

靈力的浩瀚，來自於靈魂本身的深度、死前的欲望，以及所背負的故事，簡言之就是「天分」，而鍾小妹缺的就是這個，天分。

這一秒鐘，鍾小妹呼吸急促，她想起了哥哥鍾馗在某個夜晚，曾經對她說的話……

這是在鍾馗答應蒼蠅王，進入地獄遊戲的前幾天，鍾馗忽然對鍾小妹說：「妹，若有一天，妳非出戰不可，妳得要小心一件事。」

「哪一件事？」鍾小妹轉過頭，看著哥哥。

「哥哥雖然沒有妳聰明，但實戰經驗多……」鍾馗語重心長的說，「若對方是沒有大腦的好鬥之輩，妳可以迎戰，因為以妳對靈力的控制技巧，可以透過巧勁輕鬆取勝。」

「如果不是呢？」

「如果不是，妳就要小心了。」鍾馗一嘆，「礙於天分，妳的靈力不足，就像是武俠小說裡面擁有極佳劍法，卻無強大內力做後盾，這樣的人，最怕的就是劍法與內力兼備之人。」

「嗯……」鍾小妹點頭，聰明如她，又何嘗不懂其中的道理，若遇到內外兼備的好手，她恐怕凶多吉少。

「到時候只有一條路。」鍾馗說。

「什麼路？」

「逃。」

「逃……」

「不戰而逃並非懦弱，而是一種選擇，未來的日子還很長，我們不必為了逞一時英雄而莫名其妙喪命，」鍾馗嘆氣，「懂嗎？」

「懂，哥哥，但若有一天……」鍾小妹看著哥哥，「我連逃的機會都沒有呢？」

「連逃的機會都沒有，以妳現在的功力，除非是遇到黑榜上A等級的高手，主神等級的強者，否則不會逃不了……但倘若真是如此，妳就只剩下一個求生的機會了。」

「什麼求生機會？」

「找一個靈力強的人做妳後盾，讓妳的技巧能發揮到極致，也許還能逃生。」鍾馗苦笑，

「可是……」

「可是這情況太難發生了，對吧？哥哥。」鍾小妹閉上眼，輕輕搖頭。「這人要願意把靈力給我，等於是將全身性命都託付給我，哥哥，嘻，除了你，我想不出別人咧。」

「會有的啦。」鍾馗笑了一下。「妳可是正得有夠殺的妹，到時候追妳的人，肯定繞地獄三圈。」

願意將全身性命託付給我，哥哥，除了你，我想不出別人啊。

場景回到現在，台北火車站。

鍾小妹的「炎」字，尚未到達十公尺線，就不斷衰弱，紅色火光已然褪色，露出鐵冷色的本質。

「妳還行嗎？」女神單手托著下巴，臉上玩味的表情不減。「第三個字。」

「有！當然有！」鍾小妹大喝，雙手一起握住了那支毛筆，全身揮汗如雨。「第三個字。」

隨著這一聲大喝，鍾小妹開始移動她手上的筆，此刻的筆，已經不是那細長小巧的模樣，而是宛如青龍偃月刀般沉重與威武。

鍾小妹用盡全身的力量，拖動手上的筆，而筆尖溢出來的墨汁，也不是細膩的墨線，而是宛如狂草般又粗又大的黑雲。

黑雲在鍾小妹的周圍盤桓舞動，逐漸匯聚成一個大字。

火。

還是火。

火字一完成，黑雲立刻由黑轉紅，透出比剛才都還兇猛數倍的氣勢。

「去吧。」鍾小妹雙手握筆，用力一揮，隨著紅雲流動，第三個火衝了出去。

拖曳長長宛如流星的光芒，朝著前面的「炎」字而去。

「好。」女神鼓掌，「三字聯合，該是妳的極限了吧，讓我看看妳有多少能耐吧？」

第三個火，如同爆炸的流星，轟入了前面的「炎」字之中。

然後在猛烈的亮光之中，新的字誕生了。

「焱」。

比剛才的炎更加巨大、更加猛烈，彷彿從天而降的火焰凶獸，朝著女神狂奔而去。

十公尺之線，瞬間而破。

破線之後，凶獸還在往前，台北火車站的地板隨之震動，磚瓦更因為高熱而扭曲變形。

這是一頭極猛的凶獸，更是鍾小妹的集合靈力與技巧的極限了。

「五公尺。」這是第一次，女神認真的抬起頭，看了一眼這頭狂奔而來的「焱獸」，嘴唇微嘟。「在五公尺之前吧，給我站住。」

給我站住。

只見女神嘴唇嘟起，吹出了一口氣，這口氣飄著淡淡的白色靈波，飄向了這頭讓整棟大樓為之震動的焱之獸。

白風幾乎無形，但焱之獸一觸到白風，卻發出慘烈的怒吼，牠還在前進，牠還想前進，牠還想衝入一公尺線。

但牠的身體卻開始崩解。

就在距離一公尺線只有十公分的地方，凶獸全身潰散，只剩下核心的那個「焱」字，依舊固執的閃爍著。

「妳已經很不錯了。」女神嘴唇恢復原狀，臉上依然是輕鬆的微笑。「能逼入五公尺內。」

而鍾小妹看著用盡自己十五成功力所打出來的「焱」獸，終究沒能突破一公尺線，沒進入女神身邊，又如何能威脅到女神，然後製造自己逃跑的機會？

所以她輸了。

鍾小妹緩緩閉上眼睛，雙腿慢慢軟倒，終究還是輸了。

「哥哥，我終究還是不行啊，不可能有個人願意將全身性命託付給我啊。」鍾小妹感覺全身完全虛脫，正不斷的軟倒下去。「除了你，我想不出別人啊。」

「不對！」一個聲音就在鍾小妹旁邊吼著。

「咦？」鍾小妹一愣。

「除了妳哥。還有，我啊。」那聲音奮力吼著，而就在這一秒鐘……

鍾小妹感到身體一震，然後一股力量湧入她體內。

是更強、更純粹，正是自己所缺少的「天分」靈力。

鍾小妹猛一回頭，她看見了那個人，他露出憨傻的笑。

「我可以把全身靈力託付給妳。」那人笑得很傻，抓著自己頭上的羽毛。「相信我。」

相信我。

然後，就在這一剎那，鍾小妹眼眶微微發熱，而感到手心的那支筆好燙好燙，燙到幾乎無法握住。

她想寫，強大的靈力必須找到出口，她必須寫，寫出第四個字。

第四個，最強，最強悍，最具破壞力的，火。

鍾小妹看見了自己的筆，噴出從未見過的濃烈紅色墨汁，每一筆，都粗重到足以劃破天空。

「好。」鍾小妹大喝，手一動，寫下了最後一個火，那是她見過最威猛與美麗的筆法，宛如在夜空咆哮奔騰的火鳳凰。

火鳳凰，正是第四個火幻化而成。

由孔雀王靈力與鍾小妹筆法合而為一的超強組合。

火鳳凰以驚人氣勢，不斷振翅挺進，就在一公尺線之前，把先前已經生命垂危的「焱」之獸，給接應了下來。

四個火，終於合一。

這招最強狀態已經完成。

是「燚」。

燚之鳳凰。

展開了美到驚心動魄的羽屏，朝著女神飛去。

「好美。」女神看著這隻朝著自己猛撲而來的火鳳凰，她發出由衷的讚美。「這就是中國字法加上印度的神力，兩大古文明合一的模樣嗎？」

一公尺。

「燚」鳳凰飛過了一公尺線，巨大而炙熱的身軀，到了女神面前，俯視著她。

這是除了濕婆以外，第一次，有人可以這麼靠近女神，這麼接近這完美的存在。

「我是很想多看一秒。」女神的手再度伸起，露出歉意的笑容。「但還是要讓你消失，抱歉啦。」

說完，女神的手掌朝前，然後輕輕往前一推。

一堵白色的牆在她掌心中陡然升起，宛如雪中山壁，然後朝著燚鳳凰壓下。

轟——

冰山山壁崩裂，化成滾滾雪崩，燚鳳凰雖強，也抵不住女神如此純粹的力量，頓時被白雪淹沒。

雪崩中，鳳凰發出尖銳長啼，身體陡然綻放燦爛眩目火光，一口氣奪去了現場所有人的視覺。

當火光散去，雪崩散去，整個台北火車站，再度回到女神一個人的寧靜景色。

鍾小妹與孔雀王呢？

「他們跑了。」女神慢慢坐回椅子，像是在回味美食般，閉上了眼睛。「製造出如此美麗的火鳳凰之後，就趁機跑掉了啊。」

「荷魯斯。」女神再度睜開眼睛，「去追他們吧。」

「嗯？」荷魯斯往前一站，他的表情有些困惑，剛剛那個中國女孩和印度鳥人合作，雖然成功的闖入了一公尺線，但對女神來說，應該是微不足道才對啊，女神為何要他去追？

更何況，未來女神只要回復了全部功力，他們兩個的燚鳳凰，肯定連二十五公尺都進不去。

「他們很有潛力，又不會服我。」女神再次拿起那本《酉陽雜俎》，打開其中一頁，「最好快點除掉他們，免得夜長夢多。」

「是。」

「更何況。」女神沒有抬頭。「荷魯斯，你身為埃及的神鳥——白鷹，難道不想親自抓下印度的神鳥……孔雀嗎？」

「原來是這樣啊。」荷魯斯露出了貪婪的笑。「濕婆之子，孔雀王嗎？他的確是適合拿來磨亮我鷹爪的角色啊。」

「那快去吧，別讓埃及神系蒙羞啊，我的孩子。」女神說完，再度專注回自己手上的書。而荷魯斯則發出一聲尖銳鷹啼之後，展開了他美麗的白色大翅膀，穿過了被戰鬥機炸穿的天花板，朝藍天翱翔而去。

他要去追殺孔雀王。

他要去證明究竟是埃及白鷹厲害？還是埃及孔雀高明？究竟是女神之子兇殘？還是濕婆之子厲害？

答案也許很快就會揭曉。

第七章　饅頭與重心

另一頭，台北火車站外圍的一家麥當勞。

少年H等人隨著娜娜來到了麥當勞，更被一台電腦的螢幕吸入，吸到所謂「不存在的三樓」之中。

「糟糕！」吸血鬼女發覺情況有異，因為所謂的「三樓」竟是異能力者的結界。

一旦掉入結界，等於任其宰割，凶險異常。

但不知是吸血鬼女的提醒太遲，或者是這空間異能者的道行太高，竟在瞬間之內，將四個威名赫赫的獵鬼小組，一起吸入了螢幕裡。

而這個「不存在的三樓」，即將開啟。

雖然吸血鬼女向來以精密的戰術思考聞名，但眼前的電腦螢幕來得太快，不到零點一秒的時間，眾人的身影就已完全消失。

她感覺到自己彷彿搭乘著溜滑梯，滑過一條又黑又長的甬道，最後順著甬道，滑入了一大片光明之中。

在光明裡，吸血鬼女發現自己停住了，正穩穩站在一個很特別的地方。

一個完全超乎吸血鬼想像的地方。

這裡是一間有些老舊的廚房，從廚房小窗戶透進來的光線判斷，現在的時間應該是清晨五、六點。

廚房中，有一個女人正在忙碌著，她的背影看起來很年輕，約莫二十來歲，將大波浪頭綁成方便工作的馬尾，正俐落的煮著粥，並不時側頭觀察著正在冒煙的蒸爐。

她一轉頭，看見正在發呆的吸血鬼女，先是一愣，然後張嘴催促了起來。

「妳！妳還愣在那裡幹嘛？」

「我……」吸血鬼女被罵得一頭霧水。

「妳不是來廚房幫忙的嗎？」女人雙手扠腰，「妳知道今天是什麼日子嗎？怎麼還在偷懶？」

「今天是什麼日子……」

「我的天，妳一定是還在睡覺，所以什麼都忘了！」女人用力拍了一下額頭。「今天是幼稚園所有小朋友要郊遊的日子啊！他們今天特別早起，會在校門口集合，到時候我們要替他們準備熱騰騰的早餐。」

「喔……幼……幼稚園。」吸血鬼女睜大眼睛。

她可是吸血鬼女欸，是令上萬黑榜大妖聞之色變，多次與恐怖妖術與神魔纏鬥，出生入死的吸血鬼女欸。

怎麼會來這裡支援幼稚園小孩們的早餐？

「對啊，妳還發呆！」那女人跺腳，「我們要準備稀飯，稀飯裡面要放小孩們最愛的甜地瓜，還要煮熱豆漿讓他們暖胃，還有新鮮的蔬菜，以及饅頭，讓他們帶著路上餓了可以吃。」

「地瓜稀飯、熱豆漿、蔬菜，還有饅頭……現在小孩吃這麼多啊？」吸血鬼女忍不住問。

「說到小孩的食量，那簡直和深山裡餓了兩百年的妖怪沒什麼兩樣啊。」女人猛搖頭，「現在稀飯在熬了，蔬菜炒一下即可起鍋，熱豆漿昨晚也熱好了……就差妳的饅頭了。」

「我的饅頭？」

「就是妳前面的那堆饅頭啊。」

「咦？」吸血鬼女一低頭，發現自己原來正圍著圍巾，而她前面的工作台上，正躺著一團尚未打實的麵糰。

「妳得趕快擀麵糰。」女人手指揮舞著，口沫橫飛。「然後我們要下爐蒸了。」

「是……是嗎？」

「妳聽，妳聽，有小孩提前來了。」女人歪著頭，「有些家長也真是的，幹嘛那麼早把小孩送來，小孩一來，玩耍一下就會跑來廚房喊餓了。」

「呃。」吸血鬼女側耳一聽，果然沒錯，有小孩的嘻笑聲。

她感到困惑的是，她不是掉進「不存在的三樓」嗎？怎麼會進到這麼奇怪的事件和空間中呢？

如果這空間的人事物都是那個坐在麥當勞，拚命抓頭髮，想不出情節的窮酸作家所創造出來的……那表示這人的靈力等級很高啊！

「快點，快點。」那女人催促著。

「可是……我不會擀麵。」吸血鬼女苦笑，她沒說出口的是，她其實比較擅長殺妖怪。

「什麼？我的天啊，來，我擀給妳看，妳閃開。」那女人露出快要昏倒的表情，擠開了吸血鬼女，然後雙手拿起麵糰。

啪的一聲，紮實的往工作台一摔，激起了一公尺高的麵粉煙霧。

「真……真抱歉。」吸血鬼女也不知道自己為什麼要道歉，也許是因為她感受這女人刀子嘴的後面，是比誰更愛這群小朋友的愛心吧。

「知道道歉就好。」聽到吸血鬼女的道歉，這女人態度稍微軟化，「給我看清楚啊。」

「嗯。」

「擀麵，就是要透過摔打的過程，讓麵膨鬆。」女人雙手一抓那團麵體，然後往兩旁拉開。當麵糰被拉成了長條形，女人再順勢左右手交叉，麵糰登時在空中轉了一圈，捲了起來，最後落在工作台上，又是一陣麵粉煙塵。

然後女人再拉，再捲，再摔。

這三個動作此起彼落，流暢俐落中更帶著一種力量的美感，幾乎不是擀麵，而是一種舞蹈。一種帶著濃濃中國味，讓人心曠神怡的舞蹈。

要不是吸血鬼女完全感受不到靈力脅迫，她肯定會以為這女人是一個高手，值得一戰的高手。

「換妳。」女人摔了五、六次後，把麵糰遞給吸血鬼女。

「嗯，好。」

「我得去攪拌熱粥和炒菜了。」

「那我試試看。」吸血鬼女學著女人的動作，把麵糰拉開，但拉的動作相當不流暢，等到吸血鬼女想要雙手交叉，卻打了結，麵糰差點摔出工作台上，而激起的麵粉，更直接噴了那女人一臉。

「妳！」那女人睜大眼睛。

「我……」吸血鬼女抓了抓頭髮。這女人生氣了嗎？她要打架嗎？

「妳，不能只用手腕啦！」女人沒有因為滿臉麵粉而生氣，而是大叫，「只用手腕會受傷，妳要用手臂的力量，然後在一瞬間配上手腕的巧勁，懂嗎懂嗎？」

「懂……吧？」

「懂，那就快做！」

「好。」

吸血鬼女再次執起麵糰，拉起，雙手交叉，捲動，然後摔麵糰於工作台上。

她開始集中注意力，因為她向來心高氣傲，不容許自己失敗，就算只是一個小小的擀麵，就算只是一群幼稚園小孩的早餐，她也要做到最好。

一開始她動作仍糟得一塌糊塗，失誤連連，但隨著吸血鬼女不斷校正自己的動作，以及女人不時回頭大罵兼提醒。

吸血鬼女發現自己竟然越做越好，這三個動作來回進行，她的背部也慢慢滲出了汗水，奇妙的是，吸血鬼女發現這汗流得好舒服。

比起這些年來，她多次與妖魔纏鬥血戰，那種混雜了驚恐與賭注的冷汗，完全不同。

她喜歡這種汗。

很踏實的汗水。

而且當她抬起頭，更可看見牆壁上貼滿了小孩們的照片，這是那女人貼的嗎？雖然嘴巴利得像把刀子，但其實很愛這些小鬼頭吧？

「紮實度差不多了。」女人聽見吸血鬼女摔麵的聲音，轉身急跑過來，「準備要切成饅頭大小了。」

「喔。」

「切成大概兩個拇指大小，因為是小孩要吃的，饅頭不能做得太大，不然這群小鬼搞不清楚狀況，整顆吞下去，容易塞住喉嚨。」女人示範了下一個動作，切了一小塊麵糰後，然後用手心把麵糰往下一壓，壓扁之後再用擀麵棍擀平，接著揉回成原來的麵糰。

這樣來回了好幾次。

「嗯。」吸血鬼女睜大眼睛，拚命記憶這些動作。

「這樣就差不多了。」女人一抹額頭的汗水。「妳下一步工作，就是把它們弄成一小塊一小塊麵糰。」

「好。」

「要快點喔，有沒有聽到，小孩的聲音越來越多了。」女人側著耳，「想像他們是餓了很久的狼，如果沒給他們食物，他們就會把妳當食物。」

「呃，這麼嚴重？」吸血鬼女想起狼，她認識一隻比狼還兇猛百倍的傢伙，狼人T，不過他除了偶爾嗓門大一點外，其實還滿可愛的。

「快點啦。」女人轉身，將整把的青菜往大鍋子裡丟，「我們已經太慢了。」

「嗯。」吸血鬼女捲起袖子，再度重複起剛剛女人做的動作，每一按壓，每一回揉麵糰，她沒有偷懶，更沒有想多餘的事情。

只是專心的想著把麵糰揉得更好，專心的想著外面肚子超餓的小孩，但她偶爾會想起，曼哈頓市裡面，她領養的那個金髮小女孩。

她現在還好吧？

雖然她相信，就算她不在，地獄政府基於保護獵鬼小組組員的原則，肯定會給她最妥善的照顧，而吸血鬼女的一些老友，也會暗中保護她。

但此刻的吸血鬼女，突然好想念那小女孩。

下次，讓媽媽親自擀些麵，做成好吃的饅頭給妳吃好嗎？

所以，媽媽一定會活著離開地獄遊戲，媽媽一定會戰到最後一刻。

而就在外頭小孩的聲音，已經大到足以把整間廚房炸掉的時候，所有的饅頭都放進了蒸籠裡面。

裊裊的蒸氣中帶著濃烈的香氣，吸血鬼女已經全身是汗，而一旁的女人也完成了熱粥、炒蔬菜，以及豆漿的準備。

「這些先當外面小鬼的早餐。」女人微笑，「饅頭蒸好再出去，這次的饅頭肯定好吃，這群小鬼大概會瘋掉吧。」

「真的嗎？」吸血鬼女笑了，這稱讚竟讓她有些感動。

比她以冷酷戰術處決幾隻成名大妖後，回到獵鬼小組總部時，受到長官的讚揚，更讓她感到感動與舒服。

「真的。」女人豎起大拇指。「饅頭好吃的祕訣只有一個，那就是用心，妳達到標準了。」

「太好了。」吸血鬼女閉上眼，吸著空氣中的香味，也彷佛吸著對自己小女兒的思念。

接下來，她們兩人把食物端到了外面，小孩們興奮的吃著粥，喝著豆漿，而當吸血鬼女的饅頭出爐，這些小鬼更因為那濃郁的香氣瘋狂。

然後在老師的命令下，小孩們把沒吃完的饅頭裝進塑膠袋裡面，準備開始他們期待了半年的郊遊。

吸血鬼女和那女人，則倚在門邊，看著小孩們興奮的表情，一個一個離開教室。

沉默了半晌，吸血鬼女忽然微笑起來。

「那現在呢？」

「什麼現在？」那女人問。

「現在，我們可以離開這個『不存在的三樓』了嗎？」

「不存在的三樓？」女人看著吸血鬼女，數秒後，她突然也笑了，這笑容帶著狡獪的調皮。

「嘻，原來妳都記得啊。」

「不敢忘記啊。」吸血鬼女那雙金色碧綠眼珠，注視著眼前的女人。

此刻的吸血鬼女，卸去了剛才幫小孩做饅頭，溫柔阿姨的模樣，回到她慣有的冷血戰士模樣。

「是可以。」那女人把綁馬尾的髮圈拿下，那大波浪的頭髮，順著雙肩傾瀉而下，她也算是一個漂亮的女孩子。「不過在那之前，還要請妳做件事。」

「嗯？」

女孩從桌上拿起一個熱騰騰的饅頭，遞到吸血鬼女面前。

「吃吃看，妳自己的心血結晶。」

「呵，這有什麼問題？」吸血鬼女接過饅頭，一笑，毫不遲疑的大口咬下。

而就在饅頭經過吸血鬼女的口腔、食道，滑入了胃袋之時，吸血鬼女發現奇異的事情發生了。

一股熱流從胃部開始，流到她的四肢百骸，讓她精神一振，這種感覺……吸血鬼女立刻知道發生了什麼事。

「恢復了？」吸血鬼女看著自己的雙手，「我的靈力。」

「賓果。」那女人也吃了一口饅頭。「做得越用心，靈力恢復得越完整，恭喜妳，這是一顆百分之百的好饅頭。」

「哈。」吸血鬼女咧嘴大笑，笑得好開心，就在她的笑聲之間，整個空間開始變化，從原本老舊的幼稚園廚房，變成了一個寬敞且嶄新的會議室。

會議室中，一個約莫五十來歲，穿著筆挺的黑色西裝，威嚴的中年男子，坐在會議桌的主位。

他看著吸血鬼女和那個有著大波浪頭髮的女人，眼神中有著不易察覺的慈祥。

「妳們回來了？」

「對。」那女人笑著回答。

「所以她通過妳的測試了？」男人聲音低沉。

「對。」女人嘻嘻一笑，「應該說，她的饅頭通過我的測試了，對小孩濃濃的愛，我想她絕對不是壞人。」

「那很好。」男人右手往前一攤，「那請坐吧，吸血鬼女，還有……小桃，我們天使團的雙翼天使。」

天使團的雙翼天使？

此刻的吸血鬼女感到悚然一驚，這裡，真是天使團的大本營？

這個天使團在地獄遊戲稱霸了足足數年有餘，就算是當年的曹操與織田信長，這兩個黑榜老K所領軍的軍團，都無法打倒的神祕團隊天使團，此刻就在眼前嗎？

他們到底是一個什麼樣的神祕團隊？他們到底有什麼能耐？

而狼人T、少年H，以及貓女又會遇到什麼樣的試煉呢？

這裡是狼人T，他也被電腦螢幕吸入，穿過長長的黑色甬道，然後落入一大片光明中。

狼人T看清楚了眼前的畫面，頓時困惑起來，這裡的時間似乎是夜晚，而且眼前除了一座高大的籃球架，什麼都沒有……所以，這裡是籃球場嗎？

「這裡就是不存在的三樓嗎？」狼人T昂起頭，鼻頭動了動，靈力完全喪失的他，只能依賴野獸的本能進行判斷。

然後，就在狼人T困惑之際，忽然他聽到了咖的一聲，那是機器扳手被拉下的聲音。

聲音剛落，狼人T感到周圍一亮，頭頂數盞白到刺眼的照明燈打開了。

狼人T揉了揉無法適應的眼睛，他看見在這片亮光中，出現了一個人影。

這人影極為高大，單手握著一顆籃球。

然後，人影開口了。

「嘿，」那人的聲音低沉。「你是狼人T，是吧？」

「是。」

「會打籃球嗎？」

「把球放進籃框，有什麼難的？」狼人T鼻子哼出一股氣，在曼哈頓這個城市裡，包含了各種運動，街頭籃球更是最熱門的其中之一。

而狼人T這身橫練的肌肉和爆發力，打起籃球，更是擁有比其他人更大的優勢。

「很好。」那高大的人笑了，一對白牙，就算在刺眼的白光中，仍然閃耀。「我們一對一單挑吧。」

「單挑就單挑，我們要賭什麼？」狼人T冷笑兩聲，轉了轉脖子。

「門。」

「門？」

「離開這裡的門。」

「嘿，所以這裡是你們天使團設下的結界囉？」狼人T露齒一笑。「那單挑的規則是什麼？」

「很簡單，三分鐘。」那人身處刺眼光線中，伸出了三根指頭。「你如果拿得到一分，我就輸你。」

「拿到一分？你就輸我？」狼人T怒極反笑，「你以為你自己是什麼東西？而你當我是什麼？我可是狼！可是在荒野中專門獵殺你們人類這種弱小物種的狼啊！」

「你這麼有自信，那表示你願意接受這賭注囉？」那人冷冷一笑，慢慢的往前，走出了讓人無法直視的白光中，讓狼人T看清楚他的外貌。

而當狼人T看清楚了這男人的樣子，向來以勇猛自大著稱的他，也不禁倒抽了一口涼氣。

這男人身材極高，加上漂亮的倒三角體型，上臂肌肉粗得像樹幹，這樣的體型，正是標準籃球高手的姿態。

而讓狼人T感到不安的，則是這男人胸口繡上的數字。

「23」。

這有些斑駁的數字中，奇異的透露出一股令狼人T無法逼視的氣勢。

「23號，這是什麼意思？」狼人T右拳緊握。

「這數字，代表籃球界中，一堵無法跨越的高牆。」那男人一笑，把球扔給了狼人T，「而我，就是那道高牆。」

「笑，話！」狼人T雙手握球，發出震動大地的狼嚎，然後他右手一拍球，往前挺進。

一人一狼，兩個威猛強壯的身軀，就要在這不存在的奇異空間中，展開一場對決。

狼人T運著球，直接衝向眼前的二十三號。

狼人T並不打算用技巧，因為他對自己的身體有自信，這身融合先天壯碩與後天鍛鍊的強壯身軀，足以撞倒任何阻擋在他面前的敵人。

然後，砰的一聲，狼人T感到自己的身軀紮紮實實的壓到了敵人的胸口。

「就是這樣！」狼人T冷笑，「現在就是力量對決的時刻了。」

但，就在狼人T打算以強大的野獸之身壓退對方之際，忽然他感到一陣晃動，他的重心偏了？

對方巧妙藉由身體的偏轉，讓狼人T的重心歪掉，然後啪的，奪去了狼人T的球。

「混蛋。」就在狼人T差點跌倒的同時，這人已經跳了起來，而那顆球，就這樣順著他的手臂弧線，砰的直接灌入籃框之內。

籃框震動，而球緩緩落下。

「只靠你那一點蠻力，就想打敗我？」那人單手撈起球，朝著狼人T扔去，冷冷的說。

「你也太低估籃球世界的奧妙了吧？」

「吼。」狼人躍起，雙手接住籃球，然後突然他把球往籃框方向一扔，開始高速往前狂奔。

他要在籃框下追到球，趁球還在空中的時候，就要直接把球送入籃框之中。

這樣的絕技，需要的武器只有一樣，那就是速度。

絕對的高速。

這也是狼人T引以為傲的另一項武器，在荒野中能輕易咬住獵物咽喉的速度。

「速度嗎？」那人轉頭，「這招不錯，但你忘了，這裡是籃球場，不是荒野。」

這裡是籃球場

所以，這裡存在著另一套規則。

就在狼人T快要追上球，然後躍起之際，那人竟然已經來到了狼人T的面前。

「好快……不，不只是快！」狼人T在空中猛吞了一下口水，「他能及時出現在這裡，一定還有別的東西！」

狼人T雖然驚疑，但情況已經不容許他再做出多餘的動作，他必須貫徹未完成的行動，抓住球，然後直接將球送入籃框中。

只是，這一切會這麼順利嗎？

「這球，我拿下了。」那人大笑之際，手也跟著伸出，在最後時刻攔住了狼人T的球，一個空中轉身，反而是他把球直接灌入籃框裡。

籃框承受這人如巨雷般的灌籃，轟的一聲，震動不已。

「好傢伙。」狼人T雙腳落地，回到了地面上，雙目冒出熊熊怒意。

「你懂嗎？」球落地，那人也跟著落地，背後的籃框依然微微震動著。「你的速度不比我慢，但為什麼總是會讓我追上？」

「懂個屁！」狼人T再度怒吼，他怒的是此刻的他沒有半點靈力，不然他的力量與速度不止於此。

然後狼人T撿起球，單手往下一拍，再次朝著那人狂衝而去。

「籃球場，是以籃框為圓心，進行的攻防場地。」那人搖了搖頭，雙膝微蹲，雙手跟著攤開，這是籃球最基本的防禦動作。「所以我只要懂運用場地，走小一點的圓，就可以逆轉速度的限制，懂嗎？」

「什麼圓？我不懂啦。」狼人T沒有減速。

狼人T沒有減速，直接撞上。

「這樣算是犯規了，但……你以為靠蠻力，當真能越過我嗎？」那人冷笑，迎向狼人T猛烈的撞擊。

這一撞，那令狼人T討厭的感覺又來了。

他的重心再度被眼前這人給導向另一邊，失去重心的狼人T，一個踉蹌，手心一空，球又到了對方手上。

而狼人T還來不及憤怒大吼，就只見到那人再次騰空而起的身影，宛如一條從江河中奔騰向上的龍，砰的一聲巨響，賞了籃框一記威力萬鈞的灌籃。

「時間，剩下四十秒，在這籃球場上，當你依賴的靈力、速度和力量都失效的時候，你

「還能做什麼？」那人從空中落下，再次把球扔給狼人T。

狼人T撿起球，此刻的他感到狼狽。

沒錯，在這個籃球場上，在這個二十三號的防守下，他的蠻力與速度完全失效，他還做什麼？

「我還能做的事情，只有一個！」狼人T咆哮，「那就是奮戰到最後一刻。」

然後狼人T再次運球，衝向了眼前這座如高塔般的二十三號。

「精神可嘉。」那人咧嘴笑了，「但方向錯誤。」

下一刻，狼人T倒地。

二十三號再次灌入了籃框。

「再來。」狼人T起身，再次運球衝向那人。

「還有三十秒。」那人做出標準的防禦姿勢。

狼人T再次倒地，那人則又得了一分。

「再來。」狼人T怒吼。

「還有二十四秒。」那人擺出防禦姿態。

狼人T衝撞那人，球再度落到那人手上，但這次卻有著非常細微的不同，狼人T沒有倒地。

他失去重心的一瞬間之後，就站穩了。

「咦？」那人發出疑惑的聲音，而同時間狼人T又張口大吼，「再來。」

「十八秒。」那人說出了秒數，狼人T就已經到了面前，他還是選擇衝撞。

沒有例外，狼人T的球還是落到了那人手上，但這次，那人卻再次感到疑惑了。

因為眼前的狼人T不只沒有跌倒，他甚至只是微微的晃了一下，就算球被奪走，狼人T仍穩穩的站著。

「再來！」狼人T怒吼，退回了發球線。

「十二秒。」那人把球扔給了狼人T，而在這一剎那，暫停的時間再度開始運轉。「你只剩下最後兩次進攻機會了。」

「什麼最後進攻機會？我沒在管那個的啦，我只要打倒你，我要進球，我要讓你那張驕傲的臭臉，埋在地板上痛哭啊。」狼人T嘶吼著，再度運球，他仍選擇唯一的攻擊方式。

那就是衝擊。

但這次衝擊，卻有了意外的結果。

狼人T站著。

而二十三號也站著。

而球，被兩人同時握住，二十三號沒奪下球。

「你。」二十三號感到錯愕，因為他懂籃球，也愛籃球，所以透過無數的鍛鍊和靈力，讓自己的籃球技巧達到巔峰。

尤其是這種與狼人T直接的身體碰撞，他可以在雙方力量僵持的瞬間，藉由自己腳步與膝蓋的力量改變重心，讓對方失去平衡，然後奪下對方的球。

表面上粗暴，但細微處卻比任何運動都來得精密而纖細，這就是籃球，這就是被喻為世界三大運動之一，籃球的魅力。

而這狼人T明明只是不斷橫衝直撞，竟讓他不自覺的領悟了這層道理嗎？

「嘿，再來啊。」狼人T抓起球，再次衝撞上二十三號。

時間剩下不足六秒，這次真的是最後一次進攻了。

二十三號在最後關鍵時候，擺出了防禦姿態，而狼人T也衝撞了上來。

悶響。

二十三號的腳步微微轉動，他要再度啟動他最得意的重心轉移。

但，無效。

因為他發現，就在他改變膝蓋力量的時候，狼人T的力量也在轉變。

他的膝蓋，竟也彎了下去。

兩個巧妙的力量，在一瞬間擦過，而二十三號詫異的發現，他正在體驗一種，數年來已經快被自己遺忘的感覺。

那就是「失去重心」。

他，二十三號，竟在自己最得意的推擠中，被狼人T給推到失去重心？

只是一瞬間，二十三號退了，而狼人T進了，一分鐘以內無數次的跌倒，狼人T終於踏入了籃下。

籃下可是禁區。

是讓防守者最心驚肉跳的危險地帶，禁區。

狼人T跳起來了，他單手帶著球，宛如一隻從岩石上躍起的怒狼，朝著籃框而去。

他要灌籃，對他來說，不只是氣勢而已，更是最準確的投籃方式。

「沒那麼簡單啊！」二十三號追上來了，雖然他原本沒有惡意，而這場籃球賽只是測試狼人T能耐而已，如今，他卻發現自己認真了。

因為他不想輸，因為他感覺到，狼人T是值得一戰的籃球對手，所以他認真了。

面對前方狂奔的豪狼背影，他宛如一隻翱翔的鵬鳥，急追了上去。

狼人T越躍越高，而背後的二十三號也跟著躍起，地心引力在他們身上彷彿完全失效，一起在空中漫步著。

終於，二十三號後來居上，第二次碰撞，在空中。

「吼！」狼人T的球被二十三號撈住，轉眼就要奪走。「開玩笑，我怎麼會輸？我可是，獵鬼小組的狼人T啊。」

空中的碰撞，是比地面撞擊風險更高的重心遊戲。

因為這裡少了地面反作用力的支撐，要操縱搖擺不定的重心，全靠兩人身上的肌肉和平衡感。

而雙方的力量在空中僵持了零點一秒，二十三號仗著無數的經驗，將狼人T的球，硬是壓了下去。

「最後一球了。」二十三號大笑，單手撈住球往下，然後雙腳同時砰的一聲落地。「狼人T，你輸了。」

「是嗎？」

「當然……」但就在下一秒鐘，二十三號臉色變了。

因為他仰頭，沒發現狼人T的身影，他不在空中？那他在哪裡？

「人類，永遠搞不懂野獸的能耐。」下一秒，狼人T的臉，竟然出現在二十三號的下方，他不知道何時，已經蹲在二十三號的腳邊了。

「你！」

「球，我拿走了啊。」狼人T的手往上一打，圓溜溜的球，登時脫離了二十三號的手，往上飛去。

「想得美！」二十三號急忙要跳上去搶球，但下一秒，他的身形卻頓住了。

重心。

被狼人T架住了。

二十三號跳不上去，因為狼人T推擠著他。

這推擠，隱含完美的重心力量，讓二十三號完全無法動彈。

「你，進步得好快。」二十三號感到自己的背部流下了一滴汗，而且還是冰冷的汗。

「進步？我只是想著少年H老愛掛在嘴邊的一句話。」狼人T露出滿嘴獠牙的大笑。「那就是圓。」

「圓？」

「想著圓，就能以弱破強，就能自在的控制重心。」狼人T完全壓制了二十三號，而下一秒，他跳了起來。

比二十三號還高，比二十三號還霸氣，狼人T在空中單手撈住了籃球。

然後手臂轉了大半圈，砰的一聲猛烈巨響。

他把球一口氣灌入了籃框，而籃框一陣抖動，竟連同籃板一起垮了下來，狼人T，就這樣隨著這片崩落的籃架，一起落下。

「零秒進球。」二十三號注視著狼人T。「最後一球很漂亮。」

「你也很厲害。」狼人T落下，回看著二十三號。「你的籃球技巧，若是用在實戰，肯定也是高手。」

「我也要說，你的實戰技巧，若是用在籃球上，」二十三號一笑，伸出了手。「也是高手。」

「哈。」狼人T回握住二十三號的手。「那我可以離開了嗎？」

「門早開了。」二十三號比了比後面，那垮下的籃框後面，露出一個黑色漩渦。

「最後一個問題。」狼人T走進黑色漩渦之前，回過頭看著高挑的二十三號。

「怎麼？」

「你這麼強，在天使團裡面，排行第幾？」

「哈。」二十三號笑了。「你當真想聽？」

「當然。」

「我是三翼天使。」二十三號露出手臂上那個翅膀與籃球的刺青。

「那實力呢？」

「天使團內，能讓我服氣的，還有兩個。」

「兩個嗎？」狼人T吸了一口氣，朝著黑色漩渦一躍而入。「天使團果然是天使團，果然不愧是排行榜不變的王者啊。」

而當狼人T穿過了黑色漩渦，他發現自己正站在一個寬大的會議室中，而吸血鬼女已經就坐。

「你也來了。」吸血鬼女看著狼人T，是慣有的高傲笑容。

「就妳一個？」狼人T笑了，因為他知道在吸血鬼女這張冰冷的臉下面，事實上是殷切熱情的關心。

「沒錯。」吸血鬼女眼睛瞇起。「接下來，還有貓女……還有少年H。」

他們兩個還沒回來?他們的境遇，又會如何呢？

第八章　超級電腦與蜘蛛絲

這裡是少年H。

他同樣穿過黑色的甬道，然後答的一聲，雙腳輕盈的落了地。

少年H抬起頭，赫然發現自己正站在一個很特別的地方，這裡有著超過五十台的電腦螢幕正在閃爍，每台電腦的主機後面，都連著一條和手臂差不多粗細的纜線。

而順著纜線看去，會發現所有的纜線都連向相同的地方。

那是一台位於所有電腦中央的方形機器，方形機器中數百個綠色小燈，正快速的閃動。

「這裡是哪裡？」少年H看著眼前奇異的景象，不禁咋舌，他知道現代人對電腦的研發相當進步，但到底什麼地方，會需要這樣壯觀的電腦設備呢？

「這裡是伺服器的主機。」一個男子聲音，從少年H的背後響起。

「主機？」少年H回過頭，發現這男子看起來相當年輕，約莫二十出頭歲，戴著一副無框眼鏡，雙手插在口袋中。

「是的，這是我們天使團的重要法寶，它的運算能力就算是現實世界也無電腦可及，說它是超級中的超級電腦，實不為過。」

「不過，你們要超級電腦做什麼？」少年H看著眼前的男子，少年H能感覺到對方並沒有惡意。

「原因很簡單。」男子微笑。「我們想要解開地獄遊戲的謎底。」

「喔?那你們得到的謎底是……」少年H眼睛微微睜大，「地獄遊戲」縱橫人神魔三界，把所有的魂魄和神祇全都吸入其中，的確是一個值得解開的大謎啊。

「我也很想給你答案，但我們還沒解開。」男子笑了笑，伸出了手，「對了，忘了自我介紹，我叫做比爾。」

「比爾?」少年H也伸出手，和男子手掌相握，少年H感到，這是一雙纖細但充滿力量的手。「你好，我是……少年H。」

能透過手掌就傳遞出這樣的力量，這人肯定充滿信心，而且……實力堅強吧。

「我知道，按照超級電腦的計算，你應該是來自宋朝的中國武學家，還是中國最厲害的武學家之一。」

「實在過獎了。」

「而你會出現在這裡，則和一個叫做獵鬼小組的團體有關。」比爾說。

「你們連獵鬼小組都知道?」少年H語氣難掩讚嘆，「一般人類玩家，絕不會聽過這名詞啊。」

「呵，因為我們有專家替我們提供情報，那是我們的四翼天使，」比爾微笑。「她還跟我們說，你們是由狼人、吸血鬼、中國武學家所組成的團隊。」

「嗯。」

「但從電腦主機的運算來看，你們存在的意義卻不只如此。」比爾語氣轉為嚴肅，「因為你們是變因。」

「變因？」少年H不解。

「不懂沒關係，原本就是很難理解的東西。」比爾露齒一笑，「而當時我們天使團決定與你們接觸，事實上下了很大的決心，因為我們透過超級電腦，算出了整個地獄遊戲的程式已經接近超載，而且，雪上加霜的是……一個從未出現的巨大程式，正以驚人的速度甦醒中。」

「從未出現過的巨大程式……」

「那是一個名為『女神』的程式。」

「啊？女神？程式？」少年H忍不住露出有趣的笑容，因為他從來沒想到女神可以被描述成一個程式。

難不成，對這台電腦而言，所有的玩家都是一個程式嗎？

「是的，女神對你們來說是人，對我們來說，卻是程式。事實上，在地獄遊戲的界面裡面，所有的玩家都是一個程式。」比爾微笑，「而且，女神是一個身為程式設計者的我，也會不禁瘋狂著迷的程式，因為她不僅功能超強，效能高，重點是她太完美，竟然沒有半點缺陷。」

「沒有半點缺陷，很合理……」少年H苦笑，「因為她是神啊。」

「不過這程式雖然完美，但同時也巨大，首先擔心的一件事，就是地獄遊戲的負載能力……」

「負載能力……」

「這個地獄遊戲，快要撐不住了。」

「嗯。」少年H吸了一口氣，他似乎聽過蒼蠅王和土地公說過類似的話，地獄遊戲雖然是古往今來最奇妙的空間，但這麼多的靈魂、妖怪，甚至是神都進來其中，也會逼近臨界點。

「而我們家的老爹更是擔心，若是地獄遊戲崩潰，他的寶貝女兒會遭遇不測，所以他找我們來，這次不只是監控，而是進一步的介入。」比爾看著少年H，「這也是我們決定與你們接觸的原因。」

「嗯。」少年H也看著比爾，「因為我們是變因？」

「是，因為你們是變因，換句話說，你們是最難以預測的程式。」

「呃，難以預測的……程式？」少年H苦笑，被人形容成一個程式，還真是不習慣。

「女神是最完美且最強大的程式，要讓這程式停止運作，用一般的方法是無效的，要賭上像你們這樣的變因，才有機會。」比爾說到這，微笑。「這樣說，你懂了嗎？少年H。」

「有點懂，又有點不懂。」少年H抓了抓腦袋，「我先問一個問題，你們認為，這裡的每個人都是一個程式？」

「是。」比爾摸著身旁的超級電腦，「進入地獄遊戲之前，遊戲會把靈魂轉換成電腦的程式碼，然後灌入硬碟裡面。」

「地獄遊戲裡面假設有十萬人，就有十萬個程式同時在運作？」少年H不太懂電腦，但想到這數字，也不禁驚嘆。

「是，這也是我們想要理解地獄遊戲的原因。」比爾笑了笑，「這是一個極為了不起的東西，至少它絕對不是人類創造得出來的東西。」

「你們可以偵測遊戲中的所有程式……」這秒鐘，少年H眼睛瞇起，「那你們就是無所不在的監視者嗎？」

「嚴格說起來，我們沒那麼厲害，更何況多數的靈魂程式都很小，我們只會監視影響到超級電腦的程式，而且我們並不能監視你們的一舉一動，頂多是看你們的程式碼變化，用你的語言來說，就是能力強弱變化吧。」

「喔。」少年H歪著頭想了一下，他可以理解天使團為什麼這麼低調卻又這麼強大的原因了。

因為他們可能是最接近地獄遊戲謎底的人，而且他們擁有的能力，與靈魂們真的不同。

他們是人類科技的結晶，而人類的科技甚至已經足以能和神魔們抗衡了。

從另一個角度想，女神的靈力這樣強大，自然會成為他們監控的目標，想到這，少年H不禁想到了其他的神祇。

「對了，接下來的問題只是好奇。」少年H一笑。「你們說女神完美且強大，你們沒監控過濕婆、蚩尤，嗯，或者該稱為土地公嗎？」

「濕婆，有，他也是一個驚人的程式。」想起濕婆的程式，比爾臉上再度露出瘋狂且著迷的表情，「他的能量甚至比女神更強大、更具破壞力，而且幾乎沒有破綻……」

「幾乎……」

「對，這程式沒有女神完美，但破綻很小，普通的程式根本影響不了它，除非……遇到相同等級的程式，它才會被擊潰。」比爾微笑，「在女神程式出來之前，濕婆程式絕對可以稱得上無敵。」

「那破綻是？」

「是另一個程式，算是濕婆程式的子程式。」比爾伸出手指，在旁邊的鍵盤上敲著，敲下了幾個指令之後，電腦螢幕出現了兩個字。

這兩個字，少年H可說是熟悉無比，因為，就是這兩個字讓少年H差點命喪大霧中，更讓少年H回到夙願之地，甚至讓少年H能從濕婆手下僥倖逃生。

那兩個字，是「象神」。

「嗯，連象神都知道……」少年H不禁佩服起天使團的情報網。「那另一個強者，土地公呢？」

那是另一個和女神一樣，站在地獄頂端的大魔，蚩尤。

「土地公？」比爾露出奇怪的表情，手指已經快速在鍵盤上輸入了一串指令。

【搜尋「土地公」】

「沒錯，正是土地公。」少年H看著比爾的表情越來越怪異，也納悶起來。

「土地公，嗯，土地公？」奇怪的是，比爾這次不再只是背對著螢幕，隨意在鍵盤上敲指令，他認真的轉過身來，手指紛飛，以肉眼無法分辨的速度，鍵入更長、更複雜、更綿密的指令。

電腦螢幕的指令列更是如跑馬燈般綿延不絕，回應著比爾高速的指令。

但電腦越是跑，比爾的表情卻越是古怪。

「怎麼了？」終於，少年H忍不住問。

「很怪。」比爾苦笑。「真的很怪。」

「哪裡怪？」

「這人的程式……只有一串而已。」

「一串？哪裡怪？」少年H聳肩，這個比爾雖然實力挺強，但可以說點大家聽得懂的話嗎？

「一串的意思是，他不具備最基本的程式架構，理論上，他不該存在。」比爾眉頭皺得緊緊的，「或者說……」

「或者說？」

「他真正的程式碼被隱藏了。」比爾看著電腦螢幕的臉，突然笑了，那是面對新奇事物充滿好奇的笑容。「真是厲害，竟然能隱藏到這種程度，讓人無法窺看，高手，真是高手啊。」

「是啊，他是高手沒錯。」少年H笑。

地獄裡面，他不稱高手，不知道還有誰敢稱高手了。

「地獄遊戲之中，當真是臥虎藏……咦？」突然，比爾跳起，雙眼湊近螢幕，發出詫異的低呼。

「怎麼了？」

「程式碼……程式碼……」比爾手比向螢幕，難掩表情中的吃驚。「正在被刪除中。」

少年H順著比爾的手指看去，螢幕上僅存的一串字，正從後面開始不斷的遞減著……到後來，連僅存的一串字也不見了，只剩下一大片空白的黑色螢幕。

「程式碼被刪除了?代表什麼意思？」

「這通常代表著死亡，但這人的資料又沒有從地獄遊戲中消失，表示……他是故意把自己的程式碼給隱藏的。」比爾仰起頭，注視著少年H。「你懂嗎?他是故意的。」

「故意……？」

「對，這表示他不僅發現有人偷窺他，更有能力自己隱藏程式。」比爾看著螢幕，重重吐出一口氣，「看樣子，這土地公程式的強大程度，似乎不在女神程式之下，對吧？」

「可以這樣說。」

「太有趣了，真是太有趣了，這個地獄遊戲，哈哈哈。」比爾笑得好開心，「當初老爹找我來，我只是覺得現實世界太無聊了，想換個口味，沒想到這裡比我想像更好玩好幾百倍啊。」

「是這樣嗎？」少年H苦笑，現在可是人類與地獄存亡的關鍵，也是未來數千年命運的轉折點啊。

其實有比好玩更貼切的形容詞才對吧？

「對了，最後我想問你一個問題，這問題很重要，你得認真思考後再回答我喔。」比爾眼神專注的看著少年H。

「好。」少年H吸了一口氣，點頭道。「請說。」

「你是……蘋果迷嗎？」

「蘋果？還好。」少年H一愣。「很久以前的中國，蘋果是少見的水果，所以我沒特別情感。」

「這樣嗎？不是蘋果迷啊，嘻，那就這樣吧。」比爾說完，用力伸了一個懶腰，「我正式宣佈，你通過了。」

「通過什麼？」

「通過我的試煉啊。」比爾露齒笑，「恭喜你啊，少年H。」

「咦？我剛剛有經過什麼試煉嗎？」

「沒有嗎？」比爾露出調皮的笑，「第一，你看見超級電腦的能力，沒有動了貪念，想要打倒我然後搶下它。第二，你聽見地獄遊戲被監控，也沒有生氣的想要打爛電腦。第三……」

「第三？」少年H笑，這人想出來的試煉方式，還真特別啊。

「第三，你不是蘋果迷。」比爾笑。「這是最重要的。」

「蘋果迷？」少年H皺眉，「那到底是什麼啊？」

「這不重要啦，我只是不喜歡小賈這人，當年我和老爹說，有他就沒有我，還好老爹沒找他。」比爾豎起大拇指，「所以，你可以進去了。」

「進去？」

「當然是進去……不存在的三樓啊。」

「喔。」

這一秒鐘，少年H看到前面的牆壁突然變成了純然的墨黑色，就像是被關掉的電腦螢幕，接著，螢幕中跳出一行又一行發綠光的字碼。

當綠光字碼跑完，少年H赫然發現，眼前的景物變了。

近百台電腦消失了，那台巨大伺服器也不見蹤影，取而代之的，是一間寬闊的會議室。

而會議室中，兩張熟悉的臉孔，正對他露出善意的笑容。

「嘿，狼人T，吸血鬼女。」少年H伸出手，輕鬆的微笑。「你們先到了啊。」

「少年H也來了，那只剩下最後一個人囉。」狼人T咧嘴笑，「貓女。」

「貓女？」少年H轉頭尋找，貓女還沒通過試煉嗎？

為什麼這麼久呢？以貓女的實力，理論上應該是最快的才對，不是嗎？

抑或，她遇到的試煉，無論是難度或危險程度，都遠超過其餘三人……想到這裡，少年H的眉頭不禁微微的皺了起來。

這裡是貓女。

同樣的黑色甬道，同樣的終點亮光，她穿過這道亮光後，腳尖無聲的落地。

一落地，在她眼前的畫面，讓她忍不住納悶的嘟起嘴巴。

因為，在她眼前的，不是什麼幼稚園的餐廳、籃球場，或是電腦主機房，這種其實無害的空間。

在貓女眼前的，是一大片頂樓的風景，一陣一陣從天際吹來的強風，還有城市中密密麻麻的灰色建築。

「這裡是……」貓女喃喃自語。

「這裡是台北某處的高樓。」貓女的背後，傳來一個嬌柔的女音。

「喔？」貓女沒有轉頭，「這裡是你們結界師創造出來的空間？也就是在二樓那個打電腦的人嗎？」

「是。」

「這樣看來，他很厲害。」

「呵，如果不算他迷糊的個性，他的確是強者，在我們天使團中，若不算老爹與比爾，就數他最厲害。」

「喔。」貓女慢慢的轉身，她已經認出這背後女子的身分，她就是在計程車上的美麗女司機，更是少年H的舊識，娜娜。「我想，這裡並不是所謂的不存在的三樓吧？」

「當然不是，這裡只是進入三樓前的試煉場。」娜娜微笑，「在這裡請容我自我介紹，我是妳的試煉者，娜娜。」

「嗯。」貓女看著娜娜，這秒鐘，一股強烈的直覺湧上了心頭。

這娜娜對自己有敵意，很強很強的敵意。

但貓女不懂的是，這敵意來自於哪？

「通過我們天使團的試煉，才能到達不存在的三樓。」娜娜嘴角還是掛著笑。「貓女，妳準備好了嗎？」

看著娜娜的笑，忽然，貓女的女性直覺替她找到了答案。

這個娜娜與少年H是舊識，所謂的舊識有很多種……她不會剛好是最糟糕的那種吧？

「當然準備好了，只不過我好奇的是……」貓女也笑，這是和娜娜相同的笑容，美麗的嘴上弧線後面，藏著絕不退讓的殺氣。「為什麼妳想殺我？」

「想殺妳？哈哈。」娜娜大笑。

「妳笑，是因為我猜對了吧？」貓女維持著高雅的微笑。

「喔？妳猜了什麼？」

「我猜，妳想殺我，是與少年H有關。」

「哈哈……」娜娜繼續笑著，但笑了兩聲，卻陡然停住，臉上綻放濃烈的黑色殺氣。千年妖怪的殺氣。

「沒錯，就讓我看看妳是否夠格……」娜娜眼睛瞇起，「成為本書最受歡迎男主角的……女朋友吧！」

「在試煉前，我先說明規則。」娜娜站在頂樓，手比著遠方這一大片城市建築構成的灰色叢林。「妳知道台北最高樓，101吧。」

「知道。」貓女當然知道，她也在地獄遊戲混了好一段時間，台北101曾是阿努比斯的總基地。

「我們來比賽，比誰先到 101。」

「妳會飛嗎？」貓女看著娜娜，她現在還猜不出對方的真身，但直覺告訴她，娜娜肯定不是鳥類妖怪。

「不會。」娜娜搖頭。

「嘻，那只是單純比速度嗎？」貓女昂起頭，「確定要這樣比嗎？速度可是我貓女的強項。」

「當然。」娜娜眼神中有著強烈的自信。「101 的頂樓放了一個東西，誰先拿到，誰就是贏家。」

「在比賽前，我想確認一件事。」

「請說。」

「我贏了，能進入不存在的三樓，那如果我輸了呢？」

「妳要退出。」

「退出？」貓女眼睛大睜了數秒，然後又笑了。「這賭注可真大。」

「難道妳這麼沒自信？」娜娜眼神逼向貓女。

「我當然有自信，我可是貓女。」貓女單手扠腰，另一手直比前方。「我們開始吧。」

「那，我們動手吧。」

貓女聽到這聲動手，右腳輕輕一蹬，馬上開始移動了。

她單腳一踩頂樓的圍牆，然後往下墜去，她早就想好了，她是貓，不怕墜落，她可以不用樓梯就到達地面，然後再以敏銳的嗅覺，找到離 101 的最短路徑，然後搶電梯到頂樓。

她不會輸，因為她擁有最快的落地方式，最短的地面路徑，她不會是輸家。

只是當貓女靠著腳掌上柔軟的肉球，安然落地的時候，她赫然發現，娜娜沒有下來。

她為什麼沒有下來？

一股強烈的不安感覺讓她仰頭，然後她看見了娜娜。

她，竟然在空中飛。

從一座高樓飛向下一座高樓。

「不對。」貓女喃喃自語，「她不是飛，她透過手掌甩出的絲線，黏住大樓，然後把自己帶向下一棟大樓，看起來就像是在飛……難道她是……」

蜘蛛精？

靠著絲線就能在高樓間高速前進，宛如漫畫中蜘蛛人的蜘蛛精？

「糟糕！」貓女手腳同時落地，她要回到貓的形態，這可是她最高速的模樣。「地面與高空的對決，我可是吃了大虧啊。」

吃了大虧的貓女，真的會輸掉這場最重要的賭注嗎？

她可不想輸，她可是貓女，怎麼可能輕易輸給蜘蛛精？怎麼可以輸掉少年H？

天空中，娜娜手腕一翻，就是一條細長的綠色靈絲射出，黏住前方大樓的窗戶，藉著強韌綠色靈絲產生的拉力，帶動娜娜的身軀往前飛馳。

只見娜娜在空中，雙手不斷交替前伸，綠色靈絲更是來回激射而出，轉眼間，她已經穿越了重重的大樓，以驚人的高速逼近比賽的終點，101 大樓。

「很抱歉，貓女，這場比賽也許勝之不武，但……對於少年H，我實在不想輕易相讓。」在空中的娜娜，輕輕的自言自語著。

這時的她，低下頭，注視著底下的街道，貓女落後了好大一段路。

貓女的速度很驚人沒錯，但所謂的賽跑，比的可不只是速度而已，還包括跑的路徑長短。地面上的前進速度再快，總會被障礙物阻擋，所以必須迂迴前進，怎麼比得上在空中飛躍？

她贏定了。

娜娜嘴角泛起邪惡的微笑。

「嘿，我是蜘蛛精，」娜娜注視著下方，貓女的身影越落越遠，已經隱沒在高樓之後了。「原本就是邪惡之輩，作點小弊，應該沒關係吧。」

而就在她勝券在握的這一剎那，娜娜想起了數年前的那一天，就是少年H在七日之會的咖啡廳，與台灣獵鬼小組分離的日子。

那天，娜娜一個人，孤身來到西方天使團。

雖然在七日之會時，娜娜信誓旦旦的說，自己應該可以打入西方天使團，但說到該怎麼做，其實一點頭緒也沒有。

畢竟，天使團不僅強大，而且極為神祕，在網路上的資料只有寫著，天使團共七大天使，穩守在捷運西方，曾經有不少團隊想要冒險攻入其中，但結果都只有一個。

全軍覆沒。

連一個倖存者都沒留下來的全軍覆沒。

也因為沒有倖存者，所以同時也沒有證人，可以描繪在捷運的最西端，那神祕的團隊到底是什麼模樣？

他們握有什麼資源？使用什麼道具？是何種職業？甚至有什麼弱點？沒人知道，因為沒有一個見過他們的人，成功的活了下來。

娜娜知道，自己頂下這任務，是多麼的危險。而她唯一能做的事情，就是走到捷運站裡面，投入零錢，然後買一張到捷運最西端的票。

她才上車，就發現同一車的人，不太對勁。

那是一群留著龐克頭，手拿著重金屬樂器的玩家，他們高頭大馬，滿臉悍氣，重點是，他們正在談論的事情。

「要出名，就要幹一票大的！」其中一個人揹著一把黑色吉他，臉上畫滿了白色，只有眼睛附近畫著一道黑色閃電的男人，握拳說道，「我們只要幹掉了天使團，從此之後，大家就會畏懼我們『妖靈團』了。」

「對啊，我們妖靈團的音樂也可以在地獄遊戲中走紅了，有一天，我們甚至可以紅到現實世界！」另一個魁梧的男人，臉上佈滿了銀色的珠子，他是背上扛著一整組的鼓。「到時候看誰敢瞧不起我們。」

「什麼幾月天，什麼幾百，什麼少女天團，全部都會靠邊站，從來沒有人想過，我們可以從遊戲裡面紅到現實世界吧。」一個又高又瘦，宛如骷髏的男人，手裡提著一把bass，放聲狂笑著。「哈哈哈哈。」

「妖靈團……」娜娜低調的坐在車廂角落，「這團我也聽過，雖然沒有天使團、金鷹團、薔薇團、斐尼斯團這樣有名，也算是不錯的B咖團隊，尤其是他們擅長的音樂攻擊，他們要偷襲天使團嗎？」

不過，就在娜娜小心翼翼的觀察這奇異的妖靈團之時，另一群人又上車了，他們與妖靈團的打扮截然不同。

他們拿著各式各樣的運動器具，身高都至少一百九十以上，甚至有幾個人的頭頂已經頂上了捷運車頂。

裡面一個身材高壯，全身包在盔甲般橄欖球衣內的男人開口了。「這次要殲滅天使團，讓黎明的石碑上的名字，換上我們『快樂運動團』的名字。」

「沒錯。」橄欖球男人的後面是一個身穿黑白條紋，手拿著球棒的男人。「我們快樂運動團，就要揚威地獄遊戲啦。」

娜娜看見這陣容，心裡嘀咕了兩下。「快樂運動團？這是最近才崛起的運動型團隊嗎？聽說他們在現實世界都是運動白痴，所以到遊戲裡面，就狂練運動競技，讓運動變成各種殺人技藝。」

「若他們與妖靈團聯手……」娜娜感到震驚，「那天使團恐怕將遭遇有史以來最大的挑戰啊。」

只是娜娜的擔心尚未結束，因為當捷運再度停下，門打開。

又是一群看起來絕不好惹的玩家。

他們穿著幾乎同一款式的灰色西裝，都帶著親切但制式的笑容，而每個人手上都拿著一個黑色公事包，而另一手則拿著一堆傳單。

就在娜娜對這個團隊屬性感到納悶之時，這群人已經開始發起了傳單。

一個男人帶著微笑，對妖靈團的吉他手，發起了傳單。

「請參考一下，這是台北最新的建案。」那男人招牌的笑容，讓人又怕又不敢拒絕。「只要五十萬一坪，現在不買，你的子孫肯定買不起。」

「呃。」妖靈團員臉色扭曲。

「還有這建案，離捷運步行只要三分鐘，只要你步行的速度可以比法拉利快。沒辦法嗎？那是你的問題，不是我的問題啊。」另一個男人則纏上了快樂運動團的橄欖球員，鼓起三寸不爛之舌。「這是最美的海灣城市，買了之後，你人生一片平坦，再也沒有痛苦，再也沒有悲傷。只要你二十年不吃不喝，包你可以買下台北市裡一間廁所裡頭……的一個馬桶面積。」

「我……我怕了……」橄欖球員連退兩步。

一旁的娜娜瞧得是目瞪口呆，「這是傳說中，實力直逼四大團隊的『房仲團』嗎？聽說這團隊以嘴巴為武器，『炒地、炒樓、炒人命』，無所不炒，而且行動力超強，行蹤蔓延城市的大街小巷，堪稱最恐怖的地下團隊之一，連他們都出動了？」

娜娜看著三個車廂內，妖靈團、快樂運動團，加上一個房仲團，他們顯然是事先約好，要一起偷襲天使團，天使團能安然度過這個險境嗎？

娜娜想到這，從懷裡拿出三根負責追蹤的白色靈絲，然後輕輕一吹，三根靈絲分別附在三節車廂裡頭，成為娜娜最佳的竊聽器。

而就在娜娜安排好一切的時候，捷運已經越來越接近尾站了。

尾站，正是天使團的大本營。

然後，就在即將到達尾站的前三分鐘，忽然，娜娜感到背脊一涼。

一種令她渾身顫抖的涼意，突然瀰漫了整個車廂，她急忙抬起頭，赫然發現……

一個人突然出現在尖銳吵雜聲不斷的妖靈團之中，他穿著黑色皮衣，戴著一副大墨鏡，皮膚很白，但白得像是化學藥劑漂過的白。

「這人……是什麼時候出現的？」娜娜看到這人，感到背上的雞皮疙瘩不斷爬上。

只見戴著墨鏡的男人，看著眼前的妖靈團，露出了溫柔的笑。

「聽說你們很愛玩音樂，彈首歌來聽聽。」那人這樣說著。

「你以為你是什麼東西？」妖靈團的團員發出尖嘯。「團員們，我們給他死啦！」

「你們想用音樂殺人？」那人搖了搖手指，奇妙的是，只是搖手指這動作，卻充滿了韻律感。「別搞錯喔，音樂才不是這樣用的哩。」

「給他死啦！」妖靈團所有的團員在這一剎那，一起彈奏起來。

那是融合了血、暴力、憤怒的音符，透過妖靈團員的樂器，化成一個又一個沉重的黑色鐵球。

數不盡的黑色鐵球在車廂中四處亂撞，宛如一襲瘋狗浪，朝著男人直衝了過來。

「這就是你們的音樂？」那戴墨鏡的男人微微一笑，「很能發洩情緒，但卻少了共鳴啊。」

只見這男人仰起頭，雙手攤開到極限，雙腳站得筆直，腳跟併攏，宛如一尊完美十字。

「給他死啦！我們的搖滾之路，就是發洩情緒啊！」妖靈團拚命彈著，黑色鐵球或大或小，不斷撞擊著捷運車廂，把車廂撞出一個又一個大洞，朝著男人而來。

「就算是暴力的音樂，也要能感動人啊。」男人說到這，微微一頓，開口唱了。

這一剎那，娜娜愣住了。

因為男人的旋律，與妖靈團的音樂，竟然一模一樣。

但奇妙的是，明明是相同的旋律，給人的感覺卻截然不同。

妖靈團的音樂，充滿了暴力、嘶吼，是一種對自己人生感到憤恨的滿滿怒意，但這男人只是唱，然後伴隨著腳踏拍子，卻給人一種在對世界說話，溫暖且輕柔的訴說感，彷彿只要進到音樂的世界，你就可以盡情揮灑情緒。

因為在此刻，你只屬於音樂，而音樂也只屬於你。

「這音樂……」娜娜低頭，赫然發現，自己的腳也不自覺的打起拍子，這音樂好棒，真的好棒啊。

而就在妖靈團音符化成的黑色鐵球海浪，衝到男子前方時，他的音符也成形了，同樣是球形，卻是美麗的金色。

金球撞向黑球。

一種奇異的音樂對決展開。

但僵局只維持了一秒，勝負瞬間分出，因為所有的鐵球都被金球感染，化成同樣的金色。

而金球之海，反灌回到了妖靈團面前。

「啊！」妖靈團團員尖叫，而第一顆金球已經砸中了他的吉他，繃裂的吉他弦往四面彈射。

接著是鼓，小鼓大鼓低音鼓全部被金球砸碎。

後來則是其他幾名玩家，金球雖然美麗溫柔，但威力卻異常驚人，砸到妖靈團團員的面門，團員先是一愣，然後五官同時湧出鮮血。

但就算五官湧血，這些團員不怒反笑，竟露出極為享受的表情。

「對，這才是搖滾。」妖靈團的吉他手，在這秒鐘散開了，散成了滿地的道具，道具裡面全部都是樂器。

「死前，能聽到這樣的搖滾，真是無憾。」第二個妖靈團員也散掉，又是滿地的樂器道具。

一個一個的妖靈團員在金球海浪中被擊中，然後化成了音樂道具。

「好爽啊，哈哈哈。」終於，最後一個妖靈團員，散掉之前，還發出在車廂迴盪不已的笑聲，「哈哈哈哈，這才是搖滾啊！」

笑聲慢慢散去，整節車廂，也只剩下一個人站著，那就是剛才戴墨鏡的男人。

只聽音樂停住，而金球也慢慢的蒸發在車廂裡，他才慢慢轉頭看向第二節車廂，調了調掛在耳邊的麥克風。

「戰況回報，這裡是六翼天使，我已經解決了，你們呢？」

「你們？」娜娜順著戴墨鏡男人的目光，看向其他兩節車廂，赫然發現，另外兩節車廂，激戰也已經展開了。

娜娜急忙催動白色靈絲的力量，白色靈絲可以偵測空氣中所有聲波的震動，然後再回傳到娜娜的耳中。

只是一切換到快樂運動團的聲音，娜娜立刻感覺到一陣膽寒。

因為那是瘋狂殺戮的聲音，這群以運動作為殺人技藝的高手，此刻似乎正遭到更強大、更恐怖的運動屠殺。

這更強大的運動，比橄欖球球員更暴力，比棒球更精密，比足球更快速，所有的快樂運動員們縱使已經擁有站在人類頂端的體能，在這個人面前，似乎都只是一隻小白兔。

一隻誤闖入猛獸森林的小白兔。

終於，屠殺停了。

在滿地鮮血與運動道具之中，一個男人，翹著腳，坐在車廂的中央。

他是黑人，身高至少兩百二十公分，單手拿著籃球，宛如球場上的帝王。

「戰況報告，這裡是三翼天使。」那人笑得霸氣。「已經解決了，妳呢？雙翼天使。」

「雙翼天使？」娜娜這時候，轉頭看向自己後方的車廂。

那是房仲團的車廂。

此刻，哪裡有車廂該有的樣子？

車廂裡面，竟然在下冰雹。

冰雹打在車廂中，發出密集且危險的咖啦咖啦聲，娜娜聽到房仲團發出慘嚎，「別打啦，再打下去，房地產會一直跌啊。」

「氣候變遷？這比央行打房，比課奢侈稅都還令人害怕啊！」房仲團慘叫不斷。

只聽到冰雹聲中，房仲團的聲音越來越弱，越來越小……終於，再也聽不到任何人的哀叫了。

而整個車廂地上覆蓋著一個人高的冰塊，冰塊裡面埋著各種房仲團留下的道具，大致上都是一些垃圾道具，像是「連垃圾車都不想收的傳單」，或是「投資客教戰守則」……

一個女孩正坐在冰上微笑。

「我也解決囉，速度太慢，還是輸給了你們。」女孩撫弄著大波浪的頭髮，對著掛在耳際的麥克風說，「不過，剩下的那一隻怎麼辦？」

剩下的那一隻？娜娜一呆，三大團隊都被殲滅了，怎麼會剩下一隻？

「剩下的一隻……老大說要親自出手。」籃球黑人這樣說，「因為比爾說，這人的程式不只特殊，等級還不低，可能是可以解開很多謎團的重要人物。」

「喔？」在娜娜的車廂中，戴著墨鏡的音樂人，聲音溫柔了起來。「不過，希望老大手下留情，別下手太狠。」

「幹嘛？麥可。」坐在冰上的女生冷笑。「你是因為對方是女生而心軟嗎？」

「不是，小桃。」音樂人搖頭。「我是覺得，她不像壞人，她剛剛還因為我的音樂而用腳打拍子呢。」

剛剛還因為我的音樂而用腳打拍子？

「糟糕！」娜娜一聽，正要起身催動靈絲，忽然一隻手搭上了她的肩膀。

她驚極回頭，卻是一個戴著眼鏡，看起來聰明絕頂的少年。

「嘿，別動喔。」那少年對娜娜搖了搖頭。「因為妳若妄動，我們一定會殲滅妳。」

「殲滅我？」娜娜看著那少年，這一剎那，娜娜雖然沒有感受到那少年的靈力，卻完全相信了少年的話。

這戴眼鏡的少年，恐怕比冰塊少女、音樂人、籃球選手，都還要更有殺傷力。

「是啊，妳不相信嗎？因為妳，難得的我們全部都出動了。」眼鏡少年抬了抬下巴，娜娜順著少年的下巴，看到原本空著的左側座位，多了一個胖胖的男生。

那男生腿上擺著筆記型電腦，正努力敲著鍵盤，他沒有抬頭，只對娜娜揮了揮手。「嗨，我正在趕稿。」

娜娜看著眼鏡少年，皺眉低語，「你就是他們口中的老大？」

「不是欸，我沒那麼厲害啦。」眼鏡少年微笑，「老大，才剛剛來而已。」

「你還不是老大？」娜娜微驚，天使團的實力真是深不可測。

這句話剛說完，車廂門開了，走進一個身穿灰色大衣，五十餘歲的男子。

這男子看起來富有，面容也算英挺，只是帶著一種深邃的愁容。

「你是老大？」娜娜看著眼前的灰衣男子，她有些困惑，因為這人沒有其餘天使團員的那種脅迫力。

他，怎麼看起來很弱啊。

「別說我是老大，我的團員都叫我老爹。」那灰衣人說，「我只是負責聯絡所有人，一起成立天使團的人而已。」

「嗯，但你在天使團很重要？」娜娜瞇起眼，輕聲問。

「要這麼說，也可以。」

「那就抱歉了。」娜娜展開迷人一笑，忽然雙手手指一捏，指尖綻放閃閃紅光。

正是娜娜五色靈絲中，專司「捕獲」的紅絲。

「嗯？」老爹一愣，他的全身上下，竟然都被圈圈紅絲給捆住。

在眾多團員驚呼中，娜娜猛力一扯紅絲，只見老爹像是沒了重量，飛了半個車廂，落到了娜娜的手上。

這一剎那，連娜娜都感到懷疑，天使團的領袖怎麼會這麼容易被自己抓到？

「對不起。」娜娜一手架住老爹的脖子，輕聲道歉。「現在局勢危急，我得利用你一下。」

「嗯。」老爹輕輕嗯了一聲。

然後，娜娜對著眼前五個天使團的高手，朗聲說道：「現在，你們的老大在我手上，所有人都不准給我動。」

所有人的表情緊繃，但都沒有動，他們似乎都相當在意老爹的安危。

而就在這緊繃的時刻，開口說話的，反而是在娜娜手上的老爹。

「妳叫娜娜，對嗎？」

「啊？」娜那一愣。「你知道我的名字？」

「妳並非是現實的玩家，妳不是人類，對嗎？」

「呃。」

「看樣子，我們沒有猜錯。」老爹一點也不為自己的安危擔心，反而像是鬆了一口氣。

「妳知道嗎？我們一直在等……」

「等……？」

「等像妳這樣高等級的非現實玩家來到我們天使團啊。」

「啊？」娜娜吃驚之餘，接著，她從老爹的口中，聽到了一個故事。

一個讓她動容，一個關於天使團之所以成立的故事。

一個屬於人類，平凡但又偉大的故事。

第九章　我要帶她回家

時間，回到了當下，貓女和娜娜依然在虛擬的大樓間，纏鬥著。

娜娜一邊甩動著手上的綠色靈絲，一邊在空中前進著。

轉眼間，她已經飛躍了十餘棟大樓，而比賽終點 101 大樓已經在眼前了，只會在地上狂奔的貓女，應該早就被她甩掉了吧？

想到這裡，娜娜忍不住低頭，去尋找貓女的蹤跡。

但當她一低頭，眼前的景色卻讓她不禁微微一愣。

貓女是還在跑，但跑的樣子卻異常奇怪。

「她跑的方向怪怪的，她前方不是道路，而是一棟大樓的牆壁啊？」娜娜詫異的看著貓女的路線，只見貓女以驚人的高速往前衝，但在她的眼前，卻不是一條道路。

而是一面牆，一面聳立而上的高樓之牆。

「快撞上了……難道是因為賭上少年H，這千年貓妖神經錯亂了嗎？」娜娜的嘴角冷冷揚起，「還是她以為自己是穿牆妖，可以輕易的穿過牆壁？」

貓女還在狂奔，而且速度更是不斷提升，直朝著牆壁猛衝而去。

眼看，就要撞上了。

「沒想到貓比蜘蛛還沒腦。」娜娜一笑，「用撞牆壁的方式，除了會讓自己受傷，我實在想不出會變快的可能性。」

終於，貓女的身影和牆壁重疊了。

但奇怪的是，不但貓女沒有因為撞擊而反彈，連牆壁都沒有因為撞擊而發出震動。

「咦？」娜娜眼睛張得好大，貓女沒有破壞牆壁，原因並不是她穿了過去，而是她在最後一瞬間，轉變了方向。

而且方向不是往左，更不是往右，竟是往上。

筆直的往上。

貓女以如同戰鬥機的高速衝向牆壁，然後藉由這股猛烈的衝刺力，右腳一踩牆壁，開始往上急奔而來。

這究竟要何等高速下，要何等輕盈的身軀，才能完全逆轉地心引力？

「竟然可以往上跑？這合理嗎？這合理嗎？」娜娜臉色扭曲，「就算是地獄系列，也不該寫這麼誇張的橋段吧？」

不過，娜娜已經無暇去管地獄系列作者的荒唐筆法了，因為貓女一鼓作氣從地面竄升上來，隨著她的身影越來越清楚，她已經逼近了娜娜的位置。

「可惡！絕不讓妳趕上！」娜娜手再一甩，綠色絲線從手腕激射而出，再度黏向前方另一棟大樓，而 101 已經在不遠處了。

只是，當娜娜的綠絲穩穩黏住前方牆壁，打算一口氣盪過去之時，貓女往上衝刺的力量已盡，而她也衝上了高樓的頂端。

「嘿。」貓女低呼一聲，左腳再一踩，整個人騰空而起，一個美麗而眩目的翻身，朝娜娜直躍而來。

「怎麼……」娜娜正要往前盪去，忽然身體微微一沉，驚急回頭。

一張豔麗絕倫的容顏，正對著娜娜調皮的笑著。

是貓女，她的單手竟然已經搭上了娜娜的肩膀。

好驚人的跳躍能力，竟然讓她從空中……

「要贏得跑步比賽的勝利有兩種方法，一種是自己跑得很快，第二種呢……」貓女嘻嘻一笑。「就是想辦法讓別人跑得很慢。」

「嗯？」娜娜還沒完全理解貓女的意思，忽然間，她看見眼前五爪銀光閃過。

貓女出手了？她想要把娜娜直接在這裡擊倒嗎？

「妳也太低估我了吧。」娜娜以右手臂迎向貓女的貓爪，同時間，右手臂蔓延出一圈又一圈密密麻麻的紅色絲線，將整個手臂密實的包住。

嘶的一聲，貓爪落下，意外的，竟沒割穿這層層紅絲。

「妳的蜘蛛絲，比我想像中更強韌啊。」貓女一笑，「看樣子只用三成力是不夠的囉。」

「是嗎？妳以為，妳還有機會再進行第二次攻擊嗎？」娜娜也是一笑，兩人同樣身處高空，對彼此發出猛攻，卻依然保持女孩間的甜美微笑。

微笑間，更凸顯兩人強烈的較勁意味。

「喔？」

「我的五色靈絲中，紅絲，可是用來捆綁的呢。」娜娜笑得好邪惡。「尤其是它的黏著性，可是最讓獵物們頭痛的。」

「嗯？」貓女低頭，看見自己的爪子，果然已經深陷在層層的紅色絲線之中，怎麼用力也拔不出來。

「然後，妳就乖乖給我半途脫隊吧。」娜娜再一笑，左手伸出，這次噴出的，是漫天飛舞的紅絲。

紅絲快速纏繞上爪子受困的貓女，一層又一層，一圈又一圈的將貓女完全捆住，完全限制了貓女的行動能力。

然後娜娜微笑間，再輕輕一推。

「再見囉，我的小情敵。」娜娜鬆開了束縛貓爪的紅線，而貓女手腳全部被紅線捆住，只能順著地心引力，快速的朝下墜落。

娜娜眼看著貓女以仰躺的姿勢不斷下落，下落。

「妳是九命貓女，就算摔成肉泥，還是會復活。」娜娜的右手朝背後一甩，又是一條黏住大樓的綠絲。「所以，殺妳應該不會被少年H怨恨吧，嘻。」

只是，娜娜看著貓女不斷墜落，身影越來越小，越來越小，小到肉眼無法分辨……但這一秒鐘，娜娜心裡卻湧起一股不安。

因為她隱約看見了貓女的表情，嘴角上揚，眼睛微瞇，那是一個笑容。充滿信心的笑容。

已經落後至此的她，為何還能笑？

而就在這時刻，娜娜更想起了她剛到西方的那段日子，從捷運上被抓到天使總部的經歷。

這裡，是娜娜記憶中的地點，通往西端的捷運車廂。

娜娜綁架了老爹，用以威脅實力驚人的天使團，只是老爹阻止了蠢蠢欲動的天使團，並說出自己的故事。

故事中，老爹更提起了天使團的來歷。

老爹，原來是一個高科技公司的高階主管，在他的前半生，幾乎將自己的一切都奉獻給了工作，聰明的頭腦加上時勢所趨，讓他累積驚人的財富，擁有一個女兒的他，自覺人生已經圓滿如意。

但，一切卻在一個晚上發生了劇變。

那個念到高中的女兒，在某個去補習的晚上，突然沒有回家。

老爹接到老婆驚惶的電話，急忙通知警方後，竟在一間電玩店的門口發現了昏倒的女兒，警方說，這又是一起青少年沉迷網路，導致昏厥的例子。

「沉迷網路，久坐不動，就會容易靜脈栓塞而中風昏迷。」警方的語氣充滿不屑，就差沒講出，這樣對社會沒貢獻的青少年昏倒就算了，就是你們父母不懂得關心小孩搞出來的！

但老爹不服氣，他就算將多數時間給了工作，但他至少了解自己的女兒。

他的女兒也許內向，也許害羞，但絕不是那種會打電動打到昏迷的孩子。

裡面一定有鬼。

於是老爹發瘋的調查一切，竟然發現所有的元兇都指向了一個地方，那個遊戲。

一個沒有代理商、沒有來歷，什麼都不明的網路遊戲，「地獄遊戲」。

幾乎所有青少年的昏迷，都是因為玩了這款遊戲。

於是，老爹花了畢生積蓄，打造了最高級的電腦，然後在世界各地尋找想要進入遊戲的夥伴。

就在他寄出招募夥伴信之後的數個月，他訝異的收到了幾封特別的回信，其中竟然還包括了許多優秀至極的人，像是退休的電腦鬼才比爾，與曾經是籃球界之神的二十三號，或者是被媒體追逐扭曲人生的音樂天才。

另外，老爹還挑了幾個雖然不有名，但實力與胸懷都讓他認可的人物，像是小桃，以及某種程度上也算是沉迷網路的小五。

團員到齊了，老爹賭上了一切，不只是自己的財富，還包括自己的生命，來到地獄遊戲，尋找自己的女兒。

進入地獄遊戲後，超級優秀的團員加上優秀的電腦設備，讓他們快速成立天使團，然後天使團更成為台北城的東方之王，神祕而強大，足以殲滅所有的入侵者。

縱使天使團越來越強，但老爹與他的夥伴都清楚知道一件事，天使團成團最終也是唯一的理由，只有一個，那就是「找回老爹的女兒」。

一個明明很乖，但卻在一個下雨的晚上，莫名昏厥在人來人往電玩店門口的女孩。

「我一定要找到她。」被娜娜綁架的老爹，語調雖輕，但聲音卻比誰都堅定。「就算沉入地獄深淵，也在所不惜。」

「是這樣嗎？」娜娜的手，悄悄的離開了老爹的脖子，紅線也全部拆下，因為她發現自己的眼眶有一點點濕。

再怎麼樣，也不該對這樣的老爸動手吧？

「是啊。」老爹嘆了口氣，「而我們進入地獄遊戲之後，更驚訝的發現，原來地獄遊戲不只是殺人遊戲那麼簡單，這裡竟然存在著許多人類幻想中的怪物，我們稱之為非現實玩家。」

「嗯。」娜娜苦笑，就像我嗎？

「經過討論，我們得到了一個共識，要真正解開地獄遊戲之謎，肯定要從這些玩家身上著手，只是這些玩家數目不多，幾個來挑戰天使團的，又不成氣候，連自己為什麼進入遊戲都不知道……」老爹慢慢的說著，「直到，妳的出現。」

「我？」

「妳是我們到目前為止，遇過等級最高的非現實玩家，妳的程式完整且強大，絕對不是人類或名不見經傳的小妖怪。」老爹說，「所以，我們特地來找妳。」

「嗯。」娜娜在思考，面對如此強大且全部由人類組成的天使團，她該怎麼辦？

「妳願意告訴我們，妳所知道的一切嗎？」

娜娜看著眼前的老爹，他想念女兒的意志，絕不容質疑。

這樣的人，應該是好人吧。

就像少年H說的，好人應該要保護，甚至是……讓好人學會保護自己。

「我願意，但我有一個條件。」娜娜吸了一口氣，認真的說。

「什麼條件？」

「我可以告訴你們我所知道的一切，但我要……」娜娜慢慢的說著，「加入天使團。」

「加入我們？」這一秒鐘，所有人都靜默了。

加入天使團代表的含意很清楚，那就是雙方的祕密將會共享，他們會知道娜娜的一切，一如娜娜會明白他們的底細。

要了解非現實玩家的祕密，需要冒這麼大的風險嗎？

所有人的眼睛都移向老爹，而老爹此刻已經完全擺脫了娜娜的束縛，他緩步走向他的團員，然後轉身面向了娜娜。

「我們天使團決定事情，向來只有全部通過，如果有一個人否定，就不成立。」老爹微微一笑。「那我先說我的決定。」

老爹看向娜娜，露出了慈祥的笑容。

「因為妳為我的女兒流下了眼淚，所以我投下贊成。」

「嗯。」娜娜往自己的眼角一抹，自己眼睛濕潤這件事，沒有逃過老爹的眼睛嗎？

「換我，我是七翼天使。」這時，比爾微笑，「我問妳一個問題，妳愛用蘋果產品嗎？」

「蘋果，那是什麼？」娜娜一愣。

「我愛死這個答案了，我投贊成。」比爾大笑，退到後面。

接著站出來的，是戴著墨鏡，用音樂完全擊潰妖靈團的男人麥可，「我是六翼天使，我也投贊成，因為這女孩聽到我的音樂會用腳打拍子。」

娜娜回想起剛才車廂的戰鬥，自己的確因為聽到麥可的音樂而感動，這也成為通過測試的關鍵嗎？

「換我，我是五翼天使，人家叫我小五。」那個體型微胖，老是拿著電腦的男孩抬起頭，

「我向來信任老爹，所以我支持老爹。」

娜娜點頭，看樣子老爹很得人心。

「我是三翼天使，二十三號，我投贊成。」二十三號的話語中充滿了自信。「因為我覺得沒差。」

這一秒鐘，娜娜明白了二十三號這個人，他對自己充滿信心，這信心強到就算娜娜窺見了天使團的祕密，也無法對他造成傷害。

「最後，是我，我是雙翼天使，我叫做小桃。」小桃雙手扠腰，「坦白說，我是最反對妳加入的。」

「嗯。」娜娜點頭，她的確可以感受到來自這女孩的敵意。

「我不像比爾老是問蘋果的問題，也不像二十三號充滿自信，更沒有小五這麼隨遇而安，但我最受不了的，就是男生的浪漫這種鬼東西。」小桃昂起頭。「所以我要問妳一個問題。」

「請說。」

「妳要如何保證，不會把我們的祕密賣給敵人？」小桃這問題一針見血。「妳可以保證嗎？」

「要如何保證……」娜娜看著小桃，「坦白說，我沒辦法。」

「那還有什麼好談……」

「但我可以告訴妳，關於我自己的祕密。」娜娜看著小桃，一字一句的說著，「其實我不是人類，我是一隻活了六百歲的蜘蛛。」

「啊？」這一秒鐘，現場一片譁然，「蜘蛛？所以妳真的不是人？非現實妖怪當真不是人類啊？」

「是。」娜娜嫣然一笑，笑容後面，卻是大無畏的勇氣。「我們尚未結盟，我不能說出夥伴的祕密，但我可以說我自己的，我是一隻蜘蛛精，六百歲。」

「我覺得她沒有說謊。」比爾開口了，他手裡拿著一台智慧型手機，正透過手機掃描著娜娜的程式，「因為我們的超級電腦算出她的程式，的確很類似昆蟲體內的構造。」

「是的，我是一隻蜘蛛，出生在北方沙漠裡，在飢渴欲死之時，打著一雙赤足穿越沙漠的老僧，用一滴水救了我。」娜娜閉上眼，時間彷彿回到六百多年前，自己還是隻小蜘蛛，沒有半點法力的單純時刻。

「一滴水……」

「那僧人並告訴我，一滴水可以被浪費，也可以救一條命，但救了一條命，卻也可能害更多條命，反過來說，則可能救更多條命，他希望我能好好思考自己的未來。」娜娜閉上眼，此刻說出的，是連台灣獵鬼小組都不曾聽過的過往。

那個赤足僧人蒼老但充滿智慧的微笑。

還有娜娜喝下那水滴時，感動至今的深刻震撼。

「嗯，那僧人，好像不是普通人啊。」小五托著下巴，小聲的說著。「看起來也是號極了不起的人物。」

「沒錯，我也一直這樣想……那時我喝了水，開始想著這個問題，也許是因為懂得了思考，我與其他的蜘蛛產生了不同，接著，我發現自己擁有不同的力量，後來，我才知道，原來當我思考的當下，我的修行就開始了。」娜娜輕聲說。「我的啟蒙者，就是那個赤足老僧。」

「嗯。」

「後來的日子裡，我也曾迷惘，想要吃另一個僧人的肉來提升自己的修行，也曾和一隻很厲害的猴妖打過架，最後我想起那赤足老僧說過的，『一滴水也可能救更多命』，我決定來到台灣，然後加入了獵鬼小組……」

「台灣獵鬼小組……」比爾問。

「很抱歉，這部分牽涉到我的夥伴。」娜娜一笑，「我不能再說下去了，而地獄遊戲的部分，我也只能說到這裡，除非……我們訂下更緊密的合約。」

「嗯。」小桃看著娜娜，「妳說妳是蜘蛛精，這就是妳的祕密？」

「是。」

「如果我們盟約沒有訂成，妳可能因為洩漏了自己的祕密，而遭到我們獵殺。」小桃歪著頭，看著娜娜。「這樣妳都不後悔？」

「會後悔。」娜娜微微一笑，「就不會站在這裡了。」

「妖怪啊，原來和人類一樣有情哩。」小桃仰起頭，閉上眼思考了數秒。「好，讓妳入團可以，但我有一個條件。」

聽到小桃如此說，不只娜娜，連其他天使團團員都發出低聲歡呼，因為他們知道……這是嘴硬的小桃鬆口的時候了。

「請說。」

「不可以喔。」小桃雙手扠腰，此刻的她卸下理性的模樣，再度找回調皮少女的樣子。「不可以搶我天使團第一辣妹的地位喔。」

「哈。」這話一出口，所有人都笑了，因為這表示他們已經達成共識。

娜娜，她填補了空缺的四翼天使，在刺上蜘蛛與四對翅膀之後，正式加入了天使團。

加入天使團後，娜娜更獲得了一項大禮，那就是能力的進化。

比爾先是以更精密的電腦，對娜娜那進行完整的程式掃描，並針對該程式進行研究，進而提升了娜娜的能力。

但就在比爾針對娜娜進行程式的精密檢查之時，發現了一個怪現象。

「這裡有一小段程式碼，像是一段被密碼鎖住的程式，看起來與娜娜的主程式毫無關係，真是奇怪，卻緊緊的依附在主程式裡面，要不是進行如此精密的檢查，也不會被察覺，這是什麼呢？」

後來比爾又針對了幾隻主動攻擊天使團的妖怪，進行同樣的分析，卻都沒有發現類似的現象，就連娜娜也無法解釋體內出現的奇異密碼。

於是，這件事只好不了了之。

另外，為了提升娜娜的能力，小五則模擬了各種場景讓她鍛鍊，麥可更是親自訓練她的靈力。

數年間，娜娜發現自己不同了，她不再只是台灣獵鬼小組中的蜘蛛精了。

如今，她已經是足以和其他天使團成員並駕齊驅的高手，更是融合百年修煉與人類科技的超級大妖了。

場景回到現實，時間也回到了現在。

貓女被紅線捆住，不斷往下墜落，而娜娜沒有等貓女落到底，便轉過身，綠絲從右手手腕急射而出，在天際畫出一條筆直的綠線。

她想贏，此刻的她，想爭的其實不只是少年H而已，她還想證明經過了天使團這些年的淬鍊，她是否真能擊潰地獄的殺手女王，貓女。

綠絲不斷往前射去，穿過一棟又一棟大樓，眼看就要黏上101，娜娜與貓女比試最後的終點。

娜娜笑了。

「到這裡，就算是妳，也無力回天了吧。」娜娜手指朝前，眼神綻放得意光芒。

然後，娜娜的笑容陡然僵住。

因為她發現，怪事發生了。

手腕上的絲線並沒有傳來熟悉的拉力，取而代之的，是身體開始往下墜的空虛感。

為什麼？娜娜睜大眼睛，她的絲線明明往前射去，卻沒有黏中任何東西？導致她往下墜？

「再來。」娜娜左手急忙往前，一條綠絲再朝前射去，這次她特地將綠絲加粗，她不知道綠絲的終點發生了什麼事，會讓綠絲明明沒有被切斷，卻失去支撐她身體的力量。

第二條綠絲，穿過一棟棟大樓，抵達與第一條綠絲相同的位置，101 大樓。

只是，怪異的感覺又來了，算算時間，第二條綠絲應該碰到了大樓牆壁，但仍不斷向前，彷彿大樓牆壁不存在，而綠線迷失在無邊無際的黑暗中，只能不斷往前挺進。

「為什麼我的線碰不到大樓？」娜娜的兩條絲線都黏不到實體，高空中的她失去了支撐力，已經開始高速下墜。

下墜的速度越來越快，她越來越吃驚，兩條線都該黏住大樓，卻都沒有黏住，但奇怪的是，她的線不斷吐出，表示線頭仍在前進，就是碰不到眼前的 101 牆壁。

「為什麼？到底是為什麼？」就在娜娜困惑之際，突然，一個柔媚的女音，在她耳後響起。

「因為，妳的對手是我啊。」

娜娜一驚回頭，她又看見了那個人，那個明明被自己用紅線捆住，扔到地面，卻始終能克服萬難，回到戰鬥線上的女人。

「貓女！」娜娜吃驚的大叫。「為什麼……」

「以我的體術，要解開紅線並不難啊。」貓女露出令人眩目的笑容。「妳知道為什麼綠線始終黏不到 101 嗎？」

「為什麼？」

「我是專門讓人搞不懂的貓女啊。」

「嘿，」娜娜怒，手一回，這次的絲線黝黑不透光，正是娜娜專門用來攻擊的「黑絲」。

「妳的絲有各種變化，是非常方便而且強大的武器。」貓女伸手扶著娜娜的肩膀，也隨著急墜，但語氣中卻聽不出半點擔憂。「但可惜的是，對我沒用。」

黑絲來得極快，距離又近，眼看就要插入貓女的咽喉。

「咦？」娜娜皺眉，因為那種奇怪的感覺又來了，黑絲到了貓女咽喉，沒有偏移、沒有停止，更沒有被切斷，但就是沒有射中。

而且這次娜娜看到了，沒有射中的原因，是因為貓女的咽喉處，出現了一塊奇異的黑色方形。

黑色方形宛如一個無底洞，絲線射入其中，只能繼續往前延伸，沒有盡頭、沒有終點，像是迷失在無邊的黑暗中。

「教妳一個乖，這是『哆啦A夢任意門』啊！」貓女微笑。「還是我剛想出來的，微型任意門。」

「哆啦A夢任意門？」娜娜訝異，這可不是一般的能力，已經涉及到空間的主宰了，貓女已經強到這種級數了嗎？

而，自己的綠絲一直黏不中 101 大樓的牆壁，也是這個原因嗎？只是貓女竟然可以將這種力量控制得如此精密，她現在的力量恐怕早已超越黑桃皇后等級，足以挑戰K字輩了吧！

「也許，就像是伊希斯所說的，我變強了。」貓女右手輕輕朝娜娜的肩膀，拍了一下。

就這麼一拍，貓女的急墜之勢頓解，取而代之的，是往上飛馳的力量。

娜娜與貓女兩人的身形一上一下錯開，這是第一次，娜娜的優勢被逆轉，更可能是最後一次，因為終點已經在眼前了。

「貓女，妳果然厲害。」下墜的娜娜仰起頭，看著貓女。「最後，我只想問妳一個問題。」

「什麼問題？」

「妳貓女是美麗的萬人迷，為什麼喜歡少年H這個老實頭？」

「嘻，那我問妳，」貓女低頭，看著這個實力堅強的蜘蛛精。「妳認為，愛情，有理由嗎？」

愛情，有理由嗎？

這一秒鐘，娜娜仰頭，與貓女低頭，兩人的眼神深刻交會。

娜娜從貓女那迷人的雙眼中，發現了與自己相同的，甚至凌駕於自己千百倍的，堅定。

就是這份堅定，讓這雙迷人貓眼，變得更美、更亮，甚至讓自己完全信服了。

這雙眼睛，解釋了貓女的「任意門」為何能夠不斷進化，貓女正在變強，千百年來，變強速度最快的時刻。

因為愛情，因為堅定的愛情。

要與擁有這樣眼神的女人為敵，自己肯定沒有半點勝算吧。

忽然，娜娜笑了。

「這不失為一個好理由啊。」娜娜閉上了眼，然後朱唇輕啟。「小五，請你解開這個模擬世界吧。」

「嗯？」貓女歪頭，看著娜娜。

「因為，我的確輸了。」娜娜比著貓女，「輸給妳的眼睛了。」

下一秒，貓女感到整個世界正在旋轉，101 大樓在旋轉，大地在旋轉，就連天空也在旋轉。

而當旋轉停止，貓女赫然發現自己的雙腳正踩在地上。

眼前是一間偌大的會議室，而會議室中已經坐了十餘個人。

「妳來得慢囉。」金髮豔麗，眼神深邃的是吸血鬼女。「六號，貓女。」

「貓女。」外表粗獷，聲音低沉的是狼人T。「妳很慢欸，妳不是跑最快的一個嗎？」

而第三個人，正是貓女思念的根源，更是逆轉娜娜的關鍵。

他笑了。

「歡迎歸隊。」少年H笑。「我們等妳好久囉。」

我們等妳好久囉。

貓女聽到這句，忍不住也笑了，眼前有女神伊希斯又如何？只要有這群夥伴，有少年H，他們就沒什麼好怕的。

他們，可是最強的曼哈頓獵鬼小組呢。

偌大的會議室。

獵鬼小組四人到齊，而天使團的七人也全部就了定位。

兩組人馬，分成兩排，彼此相望。

「首先，我要歡迎各位。」坐在會議室的最前方，天使團的領袖，老爹，說話了。「史上最強的除鬼專家，『曼哈頓獵鬼小組』。」

「好說好說。」狼人T咧嘴笑了。「沒有史上最強啦，但至少是三百年來——」

「狼人T！」吸血鬼女瞪了狼人T一眼，「專心聽話，沒人當你是啞巴。」

「哼。」狼人T正要反擊，而老爹又繼續說了。

「我們這次會主動與你們聯手，原因相信你們也很清楚。」老爹嘆了一口氣，同一時間，他背後的白板上，出現了一幕投影畫面。

畫面上，正是當前最熱門的現場直播。

「火車站中央的女神挑戰賽。」

坐在火車站大廳，一手拿著古書，一手慢慢翻著書頁，優雅而美麗的短髮少女。

她透過網路下了一張戰帖，整個地獄遊戲之中，若無人能擊敗她，她將順勢成立地獄遊戲史上最強、最大的團隊。

而她的周圍，共有四個用粉筆畫出的圓，分別標記著，一公尺、十公尺、二十五公尺，以及最外圍的五十公尺。

重點是，滿地散落的道具中，竟然沒有一個落在五十公尺線內。

在距離即將結束的午夜十二點，只剩下五小時……除了曾經創造出燚鳳凰的鍾小妹和孔雀王外，所有的玩家，連五十公尺線，這條最低階的戰鬥線，都沒有跨過。

究竟是地獄遊戲中的高手尚未現身？還是女神實在太強？強到已經凌駕挑戰者好幾個級

數了呢？

「這就是現在的狀況。」老爹表情嚴肅。「若這情況繼續演變下去，地獄遊戲可能在幾個小時候，就被破關了。」

「女神……」獵鬼小組四人看見女神，不約而同的吸了一口涼氣。

不愧是女神，只花了不到二十四小時，就做到濕婆花了幾年都無法完成的成就。

她竟然成為最靠近破關的那個人。

「就我們的角度來說，這女神是一個非常巨大而且完美的程式，這程式出現在地獄遊戲這個界面之中，不僅會吃遊戲的資源，更可能一口氣讓界面被破壞。」老爹的眼神看向少年H，「為防止這種情況發生，所以我們希望找你們合作。」

「找我們合作……」少年H眼睛瞇起，藉由剛才短暫的接觸，他已經了解這群「天使團」的成員特色。

天使團，這個始終在遊戲中保持領先地位的神祕團隊，原來組成分子就是「人類」，這群聰明絕頂的人類，出類拔萃的人類，還有……對未來有夢的人類。

在神魔人三界的爭鬥中，原來，人類沒有想像中的脆弱啊。

「獵鬼小組們，若你們有意願，我們再來談合作細節，剩下五個小時，我們該何時出擊？何時組合攻擊？」

「等等。」少年H伸出手。「有件事，我一直想不通，想要和你們確認。」

「請說。」老爹點頭。

「女神要破解地獄遊戲，對整個地獄是一個巨大衝擊沒錯，因為她想要創造一個潔淨完美的世界，屆時可能會進行一場大屠殺。」少年H慢慢的說著，「你們是現世的人類，不應該知道這些事，所以……你們為了什麼要阻止女神進入夢幻之門？」

「我們為什麼要阻止女神進入夢幻之門？」老爹與天使團員們，互望了一眼。

「沒錯，女神破關，你們回到現實，又有何不好？」

「少年H，或稱張天師，你也曾生為人，你該明白，我們人類視為重要的是什麼東西？」

「你所指的是……」少年H沉吟。

「就一個字。」老爹說到這，微微一笑，眼中洋溢深刻悲傷。「情字而已。」

「情……」

「小五，把那張照片放上來吧。」老爹低語，同時間他背後的那片白板上，畫面瞬間轉換。

這次不再是女神，而是女孩與一隻狗。

這裡的背景似乎是家裡的庭院，女孩穿著一件簡樸的高中女校制服，身材纖細，正對著鏡頭比出一個YA的姿勢，而她的腳邊，還有一隻狗，吐著舌頭，狗臉中帶著讓人會心一笑的喜感。

這是一張平凡無比的照片，任何的家庭，可能都會收藏著好幾張，關於這種女兒與狗的生活照。

但乍看這張照片，獵鬼小組的四人，都同時睜大眼睛，瞬間靜默下來。

狼人T甚至還張嘴，不斷的哈氣。「這、這、這未免也太巧了，難道……」

四人會震驚，不是沒有原因的，因為照片中比 YA 的高中女孩，她不是別人。

竟然就是女神。

或者說，她是法咖啡，被女神奪走身軀的玩家。

「這女孩，是我女兒，唯一的女兒。」老爹注視著背後的投影片，過了幾秒，才帶著微濕的眼眶回頭。「她在某天下午，突然失蹤在地獄遊戲裡面，為了她，我用盡我一切資源，找來所有夥伴，一起進入地獄遊戲，目的只有一個……」

「目的只有一個……」

「**我要帶她回家**。」

「我要帶她回家。」老爹繼續說著，語氣沒有太多抑揚頓挫，卻藏著比誰都誠摯的決心。

「煮一碗暖暖的湯給她喝，也許坐在餐桌旁，聊聊這些日子，或者安靜不說話，讓她知道無論她走了多遠，無論經歷了什麼，無論多冷多寂寞，這裡都有一個家，有爸爸，有媽媽，會一直在這裡，等她回來，這裡永遠有她的房間，有一碗熱湯在等她。」

無論走了多遠，經歷了什麼，這裡都有她的房間，有一碗熱湯在等她。

這是一個父親的決心，也是承諾。

最牢不可破，最堅不可摧的承諾。

「帶她回家……」簡單的一句話，現場的獵鬼小組卻同時感到背部發涼，這女孩可不是被一般人綁架啊，她是被女神相中的身軀，要讓她全身而退，就意味著，必須把女神逐出她的身體。

那和打敗女神，有什麼兩樣啊？

「所以，你們懂嗎？」老爹看著眾人，慢慢的說著，「對我們來說，會引發真正的死鬥，只有一個字，情，一份對親人、朋友、愛人的情，這就是我們人類堅持的道路。」

「嗯。」這一秒鐘，少年H看著其他隊友，從吸血鬼女、狼人T，到貓女眾人的眼神中，少年H得到了一個共同的答案。「好，謹讓我代表獵鬼小組們發言。」

「嗯？」

「讓獵鬼小組與天使團，」少年H微微一笑，「正式結盟吧。」

第十章　女神與阿努比斯

少年H代表全部的人宣佈了結盟，而這時，老爹露出了鬆一口氣的慈祥笑容。

「很好，歡迎我們的夥伴。」老爹說。

「謝謝。」

「若已經決定同盟了。」老爹一笑，「那我們想請你們幫一個忙。」

「什麼忙？」

「若要救出我女兒，需要遊戲的道具，一個非常稀有且珍貴的道具。」

「啊？」少年H等人皺眉。要把女神從法咖啡的體內拉出來，竟然有遊戲道具可以幫得上忙？

「那遊戲道具極難出現，需要非常特殊的任務、情境，以及事件，才會誕生。」老爹說。

「這事件，包括了堅定不移的友情，用一整團的玩家的生命為代價，經歷無數血戰，才會完成這事件。」

「哇，要用一整團的玩家生命？」狼人T吐了吐舌頭，「那這道具真的存在嗎？」

「不知道是運氣還是註定，它出現了，而比爾已經追蹤到它了。」老爹眼神綻放光彩，「它是……」

「是……？」

「一朵風信子，而且是黑色的。」

風信子？地獄遊戲有史以來最珍貴的道具，是一朵黑色的風信子？

風信子三個字……是不是在哪似曾相識？

是否就是那四個女孩用生命守護的承諾，而留下的那朵花？

遠處，台北火車站。

女神依然讀著書，而她背後那尊巨大的時鐘，粗短的時針剛好跨過晚上七點。

距離這場對決結束的時間，還剩下五個小時。

忽然，女神開口了。

「阿努比斯。」

「嗯？」站在一旁，手握長獵槍，守衛女神的戰士，阿努比斯睜開眼。「請問何事？女神。」

「問你一個問題。」女神托著下巴，一貫清純且迷人的笑容。

「請說。」

「如果有天，要你為了我而殺人，你能做到嗎？」

「當然。」阿努比斯的語氣中，沒有半點猶豫。「守護女神，是我成為神時，最根本的誓言。」

古老埃及中，阿努比斯的誕生，原本就是為了守護女神伊希斯，這是他的理念，也是他信奉千年的誓言。

「如果危及到我的生命，就算那個人是你欣賞的少年H。」女神依舊托著下巴，微笑著。「你也會動手？」

「當然。」阿努比斯依舊沒有猶豫，少年H是最好的老友，也肯定會是最精采的敵人吧。

「如果那個人……是愛你、相信你，全心願意為你犧牲的女孩呢？」

聽到這問題，阿努比斯先是一愣，才又回答。「沒有這樣的女孩啊。」

「我是問假設問題啦。」女神一笑，「你的個性我很清楚，霸氣十足的外表下，是比誰都柔軟的心，你對敵人不讓步，但偏偏對自己人心軟，要你下手殺自己人，比殺敵人難好幾百倍哩。」

「是這樣嗎？」阿努比斯淺淺苦笑，伊希斯果然懂他，就是這份懂，讓霸氣十足的他，始終懷著對她的敬意。

「回到問題，你會殺她嗎？」

「若危及女神性命，我當然會動手。」阿努比斯嘆了一口氣，回答道。

「這樣就好。」女神瞇著眼睛一笑，「記得你說過的話啊。」

「嗯。」阿努比斯微微一頓，忍不住又開口。「女神，如今距離結束時間，剩下不到五小時，濕婆已敗，半數玩家表示忠誠，妳還擔憂什麼？」

「我不是擔憂喔，我是期待。」女神一笑，伸出兩根指頭。「因為牌桌上，對方還有兩張牌，一張被掀開了，另一張明明已經掀開，卻還留在牌桌上。」

「喔？兩張牌……」阿努比斯沉思著，女神所指的這兩張牌，是誰呢？

「尚未掀開的是蒼蠅王。」女神扳下一根指頭。「蒼蠅王代表著地獄政府的力量，雖然他的力量不及現今地獄的四大高手，但也絕不容小覷，更何況……我如果沒猜錯，他的太陽星座雖然在摩羯，但月亮星座……卻落在雙子。」

「月亮星座？雙子？」阿努比斯露出一個古怪的笑，伊希斯愛用星座來判定性格，千年來一直是如此。

「是啊，現在都沒人來找我挑戰，難得有空，我們就多聊一些吧，畢竟我們也好幾百年沒講話囉。」伊希斯慢慢的說著。「太陽星座代表外顯性格，蒼蠅王看起來超嚴肅，做事一絲不苟，是典型的摩羯座，只是後來我才知道，他的月亮竟然落在雙子，這就有趣了。」

「月亮在雙子，又怎麼個有趣法？」阿努比斯對星座沒太大研究，但他卻相信伊希斯的判定方法。

「先說雙子的故事由來，它是一對雙胞胎死後化作天上的星辰，所以雙子不只代表著善變，更代表著雙重性格，善與惡並存，正與邪並立，雙子很聰明，但也往往陷入自己的矛盾之中。」

「嗯。」

「而月亮星座相對於太陽星座，是屬於內心的，那不為人知的一面。」伊希斯說到這，微微一頓。「蒼蠅王的外在是堅毅不拔的摩羯，而內在卻是雙重性格，矛盾善變的雙子，你知道這代表什麼嗎？親愛的阿努比斯。」

「代表……」

「蒼蠅王心裡有祕密。」伊希斯還是微笑著。「而且這祕密，恐怕就是他最恐怖的地方。」

「喔。」阿努比斯瞇起眼，他的確無法把蒼蠅王和「雙子的善變」連在一起。若這個嚴肅至極的男人，同時擁有雙重性格、雙重力量，那會變得多恐怖？多難預料呢？

阿努比斯不願再想下去。

「然後，是第二張牌。」伊希斯扳下了第二根指頭。「這張牌，應該打開了，但奇怪的是，卻沒有離開牌桌。」

「應該打開了，卻沒有離開牌桌？」阿努比斯皺眉，這是啞謎嗎？

「那張牌，和你有點關係。」伊希斯注視著阿努比斯，「就是少年H。」

「呃？」

「理論上，我不該期待他，因為他的力量的級數離我太遠，就算他的夥伴全部算進去，也不足為懼，但偏偏他是預言中的人物。」

「嗯……預言中的人物？」

「曾經，我與聖佛、蚩尤，和濕婆四人相會。」伊希斯輕輕一嘆。「當時就有人下了預言，與少年H有關。」

「那預言是……？」

「濕婆的敗，我的退，都與少年H有關。」

「哇。」這一剎那，阿努比斯睜大了眼睛，取代濕婆，擊退女神，都和少年H有關？有關……又代表著什麼意思？

「少年H也許不是預言的實踐者，但是重要的關係人，所以我親自出手殺他，以為可以將預言完全終結。」伊希斯昂起頭，「只要重要的關鍵消失，預言就會消失了……」

「嗯。」

「但少年H卻逃了，他先是在濕婆的保護下保住性命，後來更逃出了火車站，好一個韌命十足的傢伙。」伊希斯的眼睛看向阿努比斯，那清澈的黑色眼珠中，帶著淡淡的笑。「這張牌，肯定還在牌桌上，而且絕對是一張好牌。」

「絕對是一張好牌啊。」阿努比斯感到背脊微微發涼，因為放走少年H的人，正是自己。

自己為了義氣，讓少年H走了。

因為這樣，所以少年H這張牌，還沒被拿掉嗎？

「所幸，我方這裡也有兩張牌。」女神笑。「牌桌上，敵我雙方各有兩張啊。」

「我們……也是兩張？」

「是的。」女神摸了摸頭髮，「一張是我，目前我在牌桌中心，以牌勢來說，當我擊潰了濕婆，該是所向披靡才對，但對方的兩張牌卻尚未退位，這時，我就必須依靠第二張牌。」

「我們的第二張牌是？」

「是你啊，」女神眼神定定的看著阿努比斯，嘴角揚起微笑。「阿努比斯，我的老友。」

「啊？我？為什麼？」

「因為，你也是預言中的人物。」

「我……」

「你也是預言的重要關係人。」女神微笑。「你的存在，是另一把鑰匙，可以將預言終結。」

「不懂。」

「不懂沒關係。」女神抬起頭，遙望著火車站外，美麗的星空。「畢竟這只是預言，預言原本就是讓人來打破的，重要的，還是我們該做什麼來面對預言。」

「沒錯。」阿努比斯點頭，預言是可以被打破的，這是他也深信的。

只是他沒想到的是，他也是預言中的重要關係人，也許，從數年前的那天，當他走在地獄列車裡面，一張一張車票剪開，一個一個乘客查票開始，他就已經涉入這個命運之中了。

「其實，我很期待。」伊希斯依然仰望著窗外的星空。「牌桌上的每張牌還能做什麼？以及未來會發生什麼事？畢竟無論再怎麼算，我唯一算不出的，就是自己的命運。」

「嗯。」

「所以……咦？」忽然伊希斯低呼一聲，然後訝異的低頭看去。

書，出現了。

死者之書，在這個時刻竟然自己打開了。

「怎麼回事？」阿努比斯表情也同樣詫異。

「是命運之輪。」伊希斯表情罕見的認真。

「命運之輪？」阿努比斯愣住，他懂死者之書，命運之輪這張牌代表的是命運的扭轉，這張牌一旦出現，恐怕代表著整個局勢的劇烈變化，而死者之書自動亮出這張牌，難道是要警告女神什麼事嗎？

眼前這張牌的牌面上，一個宛如船舵般的木製圓輪，浮現在兩人面前，發出淡淡白光，高速運轉著。

當轉速慢慢減低，一串奇異的埃及文字跟著浮現。

「它在提醒我……」伊希斯低語。

「提醒妳？」

「命運正在劇烈改變，而造成命運劇烈改變的，是一個奇妙的東西。」伊希斯眼睛慢慢瞇起。「親愛的阿努比斯，你可以幫我找到它嗎？」

「嗯！那是什麼？」阿努比斯眼神再度炯炯有神起來，因為女神的委託，一直是阿努比斯最重視，且無法違背的命令。

「那是一朵……」女神看著阿努比斯，「黑色的風信子。」

「黑色的風信子。」阿努比斯拿起了槍，霸氣再度湧現。「去哪找？」

「一個終年濃霧，失去曙光之神疼愛的都市。」女神微笑，「霧都，林口。」

「位在台北的西南方，」阿努比斯邁開大步，就要前進。「林口嗎？」

「不過，」女神伸手阻止了阿努比斯，「出發前，你要答應我一件事。」

「嗯？」

「這次，」女神慢慢的微笑起來，靈氣湧現。「千萬不要再對『他』手下留情喔。」

聽到這句話，阿努比斯沒有回頭，更沒有回答，但他堅毅的表情，卻代表了一切。

是的，這次他絕對不會再手下留情了。

因為再留情，無論對老友或對自己，都已經是不敬了。

最後一章。
一台腳踏車騎過了大半個天空，終於抵達了台北火車站。
「嘿，小狐。」騎在前頭的土地公發出大笑，「我們要下降囉。」
「好。」九尾狐抱住前面土地公的腰部，甜甜的微笑。「我們終於能回到故事的主線啦。」
只見腳踏車往下衝，越衝越快，衝到後來甚至化成一團火流星，直衝入火車站旁的人行道上。
而就在這團火焰腳踏車快要著陸的同時，土地公突然微微皺眉，「咦？」
「怎麼？」
「小狐，妳還記得自己的九條尾巴怎麼用吧？」
「當然！你問這是什麼怪問題？」
「那準備好啊。」土地公露出笑容，「因為敵人比我們想像中提早出現啊。」
「咦？伊希斯不是在更裡面嗎？」
「是啊，但我剛剛忘了，埃及神系裡面，還有一個麻煩人物啊！。」
只聽到轟然一聲，腳踏車夾著驚人火焰撞入地板，這個經歷了各種血戰的火車站，地板又多了一個巨大的凹洞。

凹洞中，噴射出爆炸產生的濃煙與火焰，而火焰中央，則是已經完全扭曲變形的腳踏車。腳踏車兩側，兩個人正狠狠對峙。

兩人的氣勢同樣驚世駭俗，這一剎那，竟分不出高下。

一個，是土地公，此刻的他，不改一貫的痞樣，一手拿著仙草蜜，一邊笑著。「真抱歉，我都忘記埃及神系裡面還有你了。」

「蚩尤，我也要和你說抱歉，我不能讓你進去火車站。」對方身著斗篷，那斗篷宛如一大片濃烈的黑色火焰，將他完全包裹住，只露出一雙墨綠色眼珠。

這是一雙冷冽而深邃的眼珠，眼珠中蘊含的魔力，竟然能與土地公穩穩抗衡。

「我以為，我們都是被正統神系唾棄的魔神，會彼此惺惺相惜啊。」土地公還在笑。「怎麼你改邪歸正，竟然轉頭幫助伊希斯了？」

「我從來沒有恨過伊希斯。」墨綠色眼珠的主人，這樣說著。「此刻的伊希斯僅剩三成力，不是你的對手，所以我不能讓你過去。」

「不能讓我過去？」土地公昂起頭，此刻的他，頭上浮出兩根巨大的牛角，灰色的靈波宛如山崩地裂，朝著對方直壓過去。「我以為千年前的那場架，是我贏了咧。」

面對駭人的灰色靈波，對方雙腳下方滲出一大片沙，黑色的沙。

黑色的沙捲動成同樣嚇人的風暴，迎向灰色靈波。

雙方力量交手，身軀同時震動。

但誰都沒有退。

「是你贏了，所以你當黑榜的頭。」對方冷笑，「但，現在可不是當時，當時的你，可沒有和聖佛訂下契約。」

聽到聖佛兩字，土地公的五官抽動了一下，灰色靈波陡然退回，轉眼間全部都縮回了自己體內。

「你退隱這麼久，消息倒是很靈通嘛。」土地公冷笑。

「不敢。」

「不過，我有兩件事要和你說。」

「哪兩件？」

「第一件，你以為把我留在這裡，伊希斯的麻煩就會少一點嗎？」

「喔？」

「你不覺得，我這邊少了一個人嗎？」土地公說到這裡，露出邪惡的笑。「她可是趁我們用力量在聊天的時候，啟動九條尾巴，溜掉了呢。」

「喔，你說九尾狐嗎？」對方皺眉，九尾狐果然在蚩尤驚人妖力的掩護下，溜進了火車站裡面了。

九尾狐的力量雖然與女神有一段很大的差距，但此刻女神只剩三成力，而敵方還有高手尚未出盡，擁有鑽石皇后之名的九尾狐加入戰局，絕非好事。

「是啊，還有第二件事。」土地公左手舉起仙草蜜，然後右手食指扣住了拉環。「你要知道，為什麼我能成為大壞蛋？」

「嗯？」

「就是因為，我從來不管情勢，什麼聖佛？什麼契約？若我想要打……」土地公的右手食指輕輕一拉，仙草蜜的拉環拉開，一股甜香，隨即飄出。「誰也不能阻止我啊。」

土地公頭一仰，一大口仙草蜜頓時湧入他喉中。

「喔。」對方眼睛睜大，因為他忍不住欣賞起對方的真身。

蚩尤的真身。

「你也亮出底牌吧。」蚩尤身軀不斷拔高，身上的神農與巨人混合出現的血液，讓他擁有巨人的身軀，還有足以顛覆中國神系的魔力。「我黑榜上的榜友啊。」

「哈哈哈哈。」墨色眼珠的主人開始大笑，身上的黑色斗篷陡然張開。

裡面是一頭巨大的豺獸，豺獸兩根銳利的牙齒，斑斕的毛髮，與圍繞在他身軀周圍的黑色沙暴，展現同樣猛烈的氣勢。

「好久不見你的真身啦！」蚩尤也大笑，「賽特！」

賽特，這個親自阻擋蚩尤的人物，竟是黑榜上排行梅花A的埃及魔神，同時也是雖然被打入黑榜，卻同樣堅持守護愛情的，賽特。

「來吧！」賽特也回吼，所有的黑色砂礫同時震動，朝蚩尤猛撲上去。「蚩尤！」

這一剎那，兩人交手。

眼前，又是一場勢均力敵的神級對抗。

不遠處，九尾狐在蚩尤強大力量的掩護下，溜出了賽特的控制範圍。

九尾狐踏著輕盈的步伐，不斷往前走著。

看到眼前火車站的模樣，讓她不禁嘖嘖稱奇，因為這個火車站從白起開始，到女神降臨，然後濕婆與女神的驚天之戰，甚至最後的獵鬼小組被擊潰，經歷了許多的戰役，雖然已經變得千瘡百孔，但重點是，它卻沒有垮。

這台北火車站的建築，實在堅固到不可思議啊。

「也許，這裡就是地獄遊戲的核心。」九尾狐瞇起細長的眼睛，喃喃自語，「所以能承受如此大的衝擊。」

然後，九尾狐的步伐繼續往前，她順著少年H的路線，小心翼翼的靠近女神擺設擂台的地方。

首先映入她眼簾的，是一整片惡鬥後的殘骸。

「這裡剛剛有人打過架？」九尾狐鼻子動了動，背後五隻尾巴，輕柔的舞動著。「嗯，而且對打的人，似乎都是武鬥型的高手。」

沒錯，這裡就是僧將軍與廉頗的戰場。

他們兩個人都以體術見長，一個是一擊必殺，一個是荊棘與肘擊，只是兩人都不在了。只剩下塌陷的地板，被重拳擊垮的柱子，還有被四散鬥氣掃到而破碎的裝飾品，可見不久前在這裡的戰鬥，是多麼震撼與勢均力敵。

「從戰鬥痕跡來看，他們兩個並沒有分出高下啊。」九尾狐低下身子，檢查了地上的痕跡，然後露出幸災樂禍的微笑。「他們兩個未來肯定還有機會碰頭，嘻，下一次雙方都已經了解對方絕技，打起來一定能分出生死啦。」

檢查完了地板，九尾狐起身，此刻她的行動比以往小心許多，因為現在的她沒有蚩尤的保護，一個人靠近女神很危險。

九尾狐更往前，來到了手扶梯的附近，這裡也是少年H曾逗留的地方，而當時少年H之所以停下腳步，卻只為了一隻蒼蠅。

一隻讓整個地獄都敬畏的蒼蠅。

蒼蠅王。

而阻止蒼蠅王，讓少年H安然將聖甲蟲送到女神身邊的人物，也絕非普通角色。

黑榜上的黑桃K，生前手握千萬楚軍，死後單刀斬殺秦皇的霸者，項羽。

蒼蠅王對項羽，強者對霸者，光用想的，就覺得這該是一場慘烈無比的戰鬥。

但，九尾狐才踏到手扶梯，就不禁一愣。

因為眼前的畫面，實在讓她太訝異了。

「這是……這是什麼樣戰鬥後留下的痕跡啊？」九尾狐活了千年，經歷過中國各個改朝換代的混亂年代，什麼樣的戰場她沒見過？但卻為眼前的畫面感到震驚。

會震驚，是因為什麼都沒有。

依然緩慢運轉的手扶梯，依然有些晦暗的燈光，依然是乾淨但難逃歲月痕跡的地板。

這裡哪裡是經歷過數次血戰的台北火車站？這裡哪裡是經歷過蒼蠅王和項羽鬥過的舞台？這裡像是一個被戰鬥遺忘的角落。

而且，這裡給九尾狐一種極為不舒服的感覺。

一種說不上來，非常不舒服的感覺，縈繞在她心頭。

「究竟是……」九尾狐遲疑了一下，踏上了手扶梯，順著手扶梯永不停止運轉的齒輪，開始點點下降。

她仍困惑著，這裡明明什麼都沒有，沒有戰鬥的遺骸，沒有生物的氣息，連少年H腳印踩過的氣味都沒有，為什麼她會不舒服？

「咦？連少年H腳印踩過的氣味都沒有……」想到這，九尾狐感到背脊微微一涼，她知道究竟是什麼讓她感到恐慌了。

這裡的一切看似寧靜，事實上，卻是每個痕跡都被人精心抹去後的……可怕！

「是什麼東西把這裡所有的痕跡與氣息，全部都洗掉？」九尾狐擁有動物的嗅覺和天生的靈覺，這兩種東西加起來，她都感覺不到這裡曾經存在的一切。「這和蒼蠅王有關嗎？那項羽呢？」

九尾狐再往前走，忽然，她看到了他。

不，正確來說，九尾狐是看到了項羽的刀。

那把來自山海經中兵器之山，只為地獄第一霸者效勞的兵器之王，昆吾刀。

昆吾刀陡然出現，夾著猛烈的刀氣，直撲向九尾狐。

九尾狐一驚，想要後退，才想起她正在不斷運轉的手扶梯上，她每退一步，就會被手扶梯往前推進一步。

所以她無法躲，她只能迎向這一刀。

「真是討厭，很久沒出場，一出場就要拿出實力！」九尾狐嘟起嘴巴，同時細腰一扭，背後的五根尾巴同時爆出。

象徵五行之力的，金木水火土五尾，同時甩出，夾著她千年的道行，擊向眼前突然的一刀。

九尾狐想得簡單，這五尾只要能阻止昆吾刀一秒，只要一秒，以她的身手，肯定就能溜出這手扶梯佈下的陷阱。

但沒想到，五尾竟然全部落空。

不，不是落空，而是全被刀尖給吸了進去。

「奇異一刀？」九尾狐驚叫，「項羽你這傢伙發瘋了，幹嘛一照面，就對我打絕招？」

但九尾狐已經沒時間抱怨了，因為昆吾刀越來越近，宛如死神已經在她面前，露出了可怕的獰笑。

「該死！」九尾狐尖叫，渾身的靈氣狂湧而出，第六根尾巴出現了。媚尾。

曾經蠱惑新竹最大團隊的白老鼠，專門對付男人的魅惑尾巴，尾巴輕顫，讓人癡迷的香氣，瞬間瀰漫了整個空間。

「項羽，受我的媚術吧。」九尾狐語音轉為柔媚。「乖，發點呆，別讓刀再前進了。」

只是九尾狐發現，沒用。

昆吾刀還在前進。

項羽竟不受媚術干擾？

「怎麼搞的啊？」九尾狐看著刀尖離自己的臉越來越近，背部全是冷汗，「至少會有一點用啊，第七尾，換你啦！」

只見九尾狐的纖腰扭動兩下，第七尾跟著甩了出來，甩動過程中尾巴的形態開始變化，先是長出了雙手、腰部，最後連臉也跟著出來。

這尾巴的樣貌，竟類似於法咖啡。

「第七尾是甍尾，捕捉對手內心最愛戀的女孩，讓對方心軟而失手！」九尾狐得意的笑，看著自己的第七尾，伸出雙手，就要擁抱項羽的昆吾刀。「項羽，原來你暗戀這女孩啊？」

昆吾刀與第七尾變化而成的法咖啡，兩者越來越近，然後錚的一聲。

昆吾刀還是沒有停。

第七尾化成的法咖啡發出低聲慘叫，跟著被吸入。

「怎麼搞的？項羽你何時變得這樣鐵石心腸啦！」九尾狐此刻真的驚了，是她太久沒有加入戰局了嗎？怎麼一出場就有性命之虞？「第八尾，討厭的第八尾，換你啦！」

第八尾人稱咒尾，這一尾沒有前七尾這樣華麗，它顏色暗沉，仔細看去，上面竟然貼滿了符咒。

「討厭的第八尾，出來啦。」只見九尾狐纖腰急速扭動，表情竟有些吃力，而第八尾上符咒紛紛解開，露出尾巴的真面目，居然是一把劍。

劍成暗墨色，顯然沾過不少鮮血。

「姜子牙之劍，你這個驕傲的討厭鬼！給我鎮住這把瘋刀。」九尾狐咬牙，滿臉是汗。

姜子牙，不就是當年在商朝與九尾狐鬥法，最後擒獲九尾狐的道術高手嗎？怎麼現在反為九尾狐所用？

只是尷尬的是，姜子牙之劍沒有動。

「姜子牙之劍！」九尾狐語氣緊急，「你不是答應過我，當我性命危險，加上不傷天害理，你就會出手？」

「錚！」姜子牙之劍似乎聽懂了九尾狐的抱怨，終於開始動了。

這一動，天地雲氣匯集，化作七彩劍芒，全部集中到劍尖之上，朝著昆吾刀的「奇異一點」，直撲而去。

一刀一劍，交鋒。

只見兩大兵器碰撞，爆發燦爛白光，也是這白光，終於讓昆吾刀前進的氣勢稍停，而九尾狐喘了一口氣，趁機往後退，腳踏著不斷往下的手扶梯，眼看就要離開手扶梯的範圍，就要逃出奇異一刀的直線範圍。

但，悲慘的事情卻又來了。

因為九尾狐看見了，白光之中，一把刀慢慢破光而出。

昆吾刀，贏了？

「姜子牙之劍，你平常臭屁得要命，怎麼連把刀都擋不住？」九尾狐咬牙，她急忙後躍，要離開手扶梯，一旦和昆吾刀站在同一條直線上，遲早會掛。

但就在這剎那，白光破了，昆吾刀跟著飛了出來。

這時，九尾狐看清楚了，昆吾刀已經斷了，只剩下最尖端的部分，朝著自己直射而來。

但就是這尖端，夾著奇異點的威力，就足夠取下九尾狐的性命了。

九尾狐看著那奇異一刀，這秒鐘，她卻像是呆住般，遲疑了。

她已經沒時間逃了，唯一的機會，是她的最後一尾。

第九尾。

能被她放在最後一尾，其威力肯定勝過五行之尾，更勝過媚尾、蘉尾，甚至是道行深湛的咒尾。

只是，她為什麼遲疑？

就連生命都不顧，她也不願輕易打出的第九尾是什麼？

「我不想打這尾啦。」九尾狐淚眼婆娑，「討厭，討厭，這一尾，是好幾千年前，我還是小狐狸時，他救我一命時贈與我的，那是我成為九尾狐修行的起點咧，我不想打啦。」

九尾狐的這一任性，代價是自己的命啊，但就在她猶豫任性之時，最後的時間已經被她完全消耗殆盡。

碎裂的刀鋒，帶著奇異點的威力，來到她的面前。

她彷彿見到了刀鋒中間那個奇異的黑色十字漩渦，就要將她整個吸入。

但就在這時候，九尾狐卻嘴巴微張，咦了一聲。

因為她看見刀鋒停住了，被一隻大手握住了。

而當九尾狐抬頭，她發現握住刀鋒的人影，有些熟悉，他不就是……刀自己的主人嗎？

「項羽？」九尾狐不懂，奇異一刀是項羽出的，為什麼他要阻止自己的刀？

接下來，更怪的事發生了。

九尾狐發現，項羽整個人竟然像是逐漸褪色的水彩，緩緩淡去。

忽然，九尾狐有點懂了。

「項羽，你不是本尊？難道……你是靈魂殘留嗎？」九尾狐訝異，因為項羽會靈魂殘留，不就代表……項羽已經掛了？「你拚了命留下的靈魂，是想要說什麼嗎？」

項羽的影子不斷淡去，他沒有說話，也無法說話，只是看著九尾狐，眼神帶著強烈的懇求。

「你最後是和蒼蠅王一戰？所以你想告訴我的事情，和蒼蠅王有關？」

殘留的項羽影子，笑了。

「你想告訴我，蒼蠅王的能力嗎？」

項羽一笑，昆吾刀綻放光芒，一個輕飄飄的東西，落到了九尾狐面前，而九尾狐手一伸，接過了那東西。

「你希望我替你傳給誰？」九尾狐知道項羽會拚死留言，絕對不是留給自己的。

項羽眼神移動，看向火車站的中央。

「火車站中央還有誰？」九尾狐何等聰明，「你要留給……女神嗎？」

項羽沒有回應。

「不是女神？怎麼可能？難道你要留給阿努比斯嗎？你們有同志關係嗎？」

項羽皺眉。

「不是阿努比斯啊？除了女神、阿努比斯，還有誰？」這一秒鐘，九尾狐先是一愣，然後露出有些古怪，但又溫柔的表情。「是她？」

項羽定定看著九尾狐。

「你要留給……被女神附身的那個女孩吧？」

這一秒鐘，項羽的表情慢慢改變了，在淡到幾乎透明的臉孔中，竟浮現了一個笑。

一個肯定的笑。

「那女孩，是叫法咖啡對吧？」

項羽的靈體接近透明，表示他最後能量已經消耗殆盡，也表示他最後的心願終於傳遞出去了。

「是否女神若被蒼蠅王所殺，會禍及那女孩？項羽啊項羽，沒想到你也是一個痴情種啊。」九尾狐笑了，「看在你夠痴的分上，老娘決定幫你了。」

老娘決定幫你了。

這句話說完，項羽就完全透明，徹底的消失了，只剩下空氣中那殘留最後的微笑弧度。

錚的一聲，昆吾刀的最後碎片落在地上。

項羽死了？

九尾狐看著地上的那塊碎片，竟有些呆了。

黑榜上尊號為黑桃K，自創三刀，橫掃半個地獄，戰績幾乎無敵的他，死了嗎？

他是敗在蒼蠅王手下嗎？寧死不為蒼蠅王所用，所以蒼蠅王決定將他殺死嗎？

蒼蠅王與項羽之戰，究竟發生了什麼事？而蒼蠅王為何有這等力量，足以擊敗項羽，甚至殺了他呢？

以項羽之能，他就算打不過，難道不會負傷逃跑嗎？或者說，他撐到最後，只為了試出蒼蠅王的祕密？

那個項羽用生命逼出來的祕密，到底是什麼？

想到這，九尾狐低下頭，看著手心那輕飄飄的東西。

「怎麼會是這東西呢？這東西怎麼聯想，都很難和蒼蠅王這傢伙扯上關係啊？」九尾狐滿心詫異。「難道，這就是蒼蠅王隱藏的祕密？也是蒼蠅王能殺敗項羽的關鍵？」

九尾狐深深納悶，因為那東西竟然是……

一片純淨無瑕的白色羽毛。

蒼蠅王，這個嚴肅的黑色強者，為何會和白色羽毛扯上關係？這又代表著什麼呢？

而就在九尾狐納悶之際，不遠處，火車站的中央。

忽然，女神雙手啪的一聲，闔起了書。

「好了。」女神抬起頭，「我在想，你的確也該來了。」

此刻女神的表情，罕見的沒有半點笑容。

地板的五十公尺粉筆線外，有雙陳舊但保養得雪亮的黑色皮鞋，穩穩站住。

「是你殺了我的重臣，項羽吧？」女神單手托腮，注視著來者。

「是。」對方聲音低沉，他身穿黑衣，上半身都籠罩在火車站的陰影中。

「我知道項羽會敗，但沒想到，你的能力已經強到……他連逃命都沒辦法？」女神輕輕嘆氣。

「若他想逃，他可以逃，因為追殺他會耗去更多力量，我不會做。」來者語氣低沉而威嚴。「但他沒逃，他用全力，戰到最後一刻。」

「為什麼？」女神側著頭。「因為男人的自尊嗎？」

「我不認為。」蒼蠅王搖頭。

「那是什麼？」

「也許該問妳。」

「嗯，也許真是這樣……」女神眼睛瞇起，無法猜出她究竟想到什麼。「你敗了項羽，所以你來了。」

「正是。」

「那我們該開戰了。」女神終於笑了，但笑容中卻充滿了殺氣。

「我們早就開戰了。」來者也笑了，「現在應該說……是該結束這場千年的戰役了。」

「沒錯，是該結束這場戰役了。」女神慢慢的說著。「地獄政府的掌權者，蒼蠅王。」

蒼蠅王大步向前，他輕易的跨過五十公尺線、二十五公尺線、十公尺線，甚至是五公尺線。

「做個了斷吧。」蒼蠅王淡淡的說，「只剩下三成力量的女神。」

這一秒鐘，透過網路轉播，千萬個玩家將親眼目睹這場戰役。

也許威力略遜於濕婆與女神之戰，但論重要性，卻完全不在那之下。

因為牌面上最大的一張牌，終於要掀開了。

蒼蠅王終於要動手了。

而時間距離十二點，還有三個半小時。

第十一章　終章與序幕

與台北時間同步，遠方濃霧之都，林口。

一個人下車了，他身穿長黑衣，肩膀扛著獵槍，一身純正霸氣。

「這裡就是霧都？」他步下車，看向左右兩邊，這裡的市容沒有台北這樣擁擠熱鬧，伴隨著隨時飄在空氣中稀薄的白霧，給人一種進入幻界的奇異感受。

阿努比斯站著，此刻的他在思考著。

林口這一區，在地獄遊戲一開始，並不存在，那時候地獄遊戲裡面只有台北、高雄、台南、新竹幾區，但就像是一般的網路遊戲，為了因應不斷激增的玩家數目，也為了提升遊戲的變化性，於是加開了伺服器。

林口，就像是一個新的伺服器。

這裡，危險又陌生。

「在陌生的地方，要找到那從沒見過的道具，似乎有點困難。」阿努比斯閉上眼。「但方法是人想出來的。」

阿努比斯慢慢拿出了手上的指環。

這指環已經宣示效忠女神團，加上女神給予的權力，所以阿努比斯已經擁有和所有團員溝通的能力，而那些團員，正是四十五萬名已經加入女神團的玩家。

「女神團的各位玩家好。」阿努比斯開啟了全團通訊。「我叫阿努比斯，隸屬於女神團。」

我叫阿努比斯，隸屬於女神團。

這句話一出來，半個地獄遊戲，突然靜默下來。

「我要找一個道具，攸關女神是否能拿到勝利。」阿努比斯低聲說，而這些聲音透過遊戲的指環，傳遞到遊戲中每個角落，每個對女神宣示效忠的玩家耳中。

「那個道具我也沒見過，但肯定相當稀奇，」阿努比斯的聲音繼續迴盪著，「所以我需要各位的幫忙。」

所有的玩家同時露出了專注的神情。

「根據資料，這道具就藏在這裡……」阿努比斯霸氣中帶著威嚴。「霧都，林口！」

「林口……」玩家互相耳語。

「讓我們以女神團之名，進行最恐怖的人肉搜索，橫掃林口，把這最神祕的道具找出來吧！」

這句話一出，所有的玩家都露出了笑容，那是熱愛戰鬥，嗜血充滿殺氣的笑。

四十五萬人的人肉搜索，感覺很過癮啊！

「還有一件事。」阿努比斯的聲音再度響起。「我們還要提防另一群人，他們，會是我們的競爭者。」

還有競爭者？所有玩家再度屏息，全神貫注的聆聽。

「他們，是一個約莫十幾歲的少年、一個肌肉糾結的狼人、一個美麗的金髮吸血鬼，還有……一隻充滿魅力的貓女。」阿努比斯聲音低沉，「我的命令只有一個，阻止他們，無論任何代價。」

阻止他們，無論任何代價。

「得令！」四十五萬個玩家同時對著戒指高呼。

然後他們動了。

朝著同一個目標開始移動了。

四十五萬大軍，一場地獄遊戲有史以來最大的人口版圖移動，就在女神團的號召下，以雷霆萬鈞的姿態開始進行了。

而他們的目標有兩個，一個是找到特殊的道具，第二個，讓那些想搶奪道具的人，付出代價。

那些人，就是獵鬼小組。

面對四十五萬名玩家的大軍壓境，少年H等人，還有勝算嗎？

林口的街邊。

一台汽車停住，走下了兩個人。

一個是高壯的黑人，皮膚黝黑，身高兩百多，宛如一座鐵塔，右手臂上刺著三對翅膀。旁邊的男子身材同樣壯碩，只是身高只有一百八十多，但全身的肌肉卻更為雄壯。

「嘿，我們又一組了。」身高較矮的男子說話了。「二十三號。」

「是啊，老爹是這樣分配的，來林口搶奪道具，由我們和另外一組分工合作。」二十三號語氣中帶著濃烈自信。「狼人T。」

「不知道另一組人到了沒？」狼人T看著四周，「這裡比我想像中霧更濃，也更冷。」

「怎麼？你怕霧？」二十三號冷笑。

「怕霧？」狼人T抬起頭，注視著空氣中淡淡的霧氣。「不，只是懷念。」

「懷念？」

「因為我的故鄉倫敦，也是這樣終年有霧。」狼人T目光銳利，「而且我有預感，這片霧裡面，肯定還有什麼東西在裡面。」

「還有什麼東西……」

「按照任何遊戲的慣例，一個新的伺服器，絕對不會那麼好相處的啊。」狼人T說到這，不驚反笑。

豪氣十足的笑了。

「那很好啊。」二十三號眼神同樣充滿豪氣。「那讓我們這一組，痛快的殺一場吧！」

林口的另一頭，天使團與獵鬼小組的第二組人馬也到了。

碧綠眼珠，金髮飄逸，集合美麗與頭腦的吸血鬼女到了。

她望著前方的霧，眼睛瞇起。「這都市的霧好濃，這裡是山與海的交會嗎？」

「山與海的交會？」另一個人也是女性，有著一頭大波浪捲髮，外貌雖然沒有吸血鬼女這樣搶眼，但也是一個五官清秀的正妹。

她是小桃，操縱冰雹的女人。

「通常在山與海的交會，會出現這樣終年大霧不散的情況，因為濕潤的海風被山攔截，強大水氣便會化成濃霧，盤繞在城市裡。」吸血鬼女望著濃霧，「我猜，林口就是這樣的環境吧？」

「好像是欸，因為這裡地勢很高，而海就在附近。」小桃點頭，「妳果然很聰明，吸血鬼女。」

「呵，還好。」吸血鬼女一笑，「所以你們領袖會挑選我們一組，狼人T那邊負責鬧場大開殺戒，而我們則負責細膩的找出道具，並將道具帶走。」

「沒錯。」小桃點頭，拿起手上的手機，現在的手機做得相當精密，「比爾會透過手機與我們連線，透過超級電腦找到那奇異的道具。」

「不過，我擔心的不只如此……」吸血鬼女表情嚴肅。

「怎說？」

「我擔心的是，若那道具真的那麼重要，」吸血鬼女慢慢吸了一口長氣。「我們這次的任務，肯定不會那麼簡單啊。」

「喔？」

「以女神之能，應該也預計了這道具的誕生，所以會派出真正的高手，出來攔截這道具。」吸血鬼女搖頭。「如果是他……那這場道具搶奪賽，恐怕會是一場超級硬仗。」

「吸血鬼女。」小桃從吸血鬼女口中，聽出了濃濃的擔憂。「那人是……」

「那人，恐怕就是夜王，阿努比斯啊。」

就在阿努比斯號召女神團四十五萬人湧入林口，天使團與獵鬼小組兵分二路潛入林口的此刻，這個一切戰役的核心，這朵堪稱地獄遊戲史中最難拿到的道具，讓女神團與天使團同時關注的黑蕊花，如今正在哪裡呢？

它在一雙只有九根指頭的骯髒大手上。

只見九指丐吹著口哨，手中捧著裝在花盆裡，花苞緊閉的黑蕊花，悠閒的在林口街道上散步。

他剛從某個道具店出來，花了不少遊戲幣，似乎剛忙完一件事。

而從道具店出來後，他的背部則多了一個大包包，裡面鼓鼓的不知道塞了什麼東西。

「這遊戲裡面的商店真有趣，可以提供好多功能。」九指丐東看西看，看似神態悠閒，「這奇怪的黑蕊花感覺很稀奇，一定值錢，得小心點，不然可能被搶走……」

說到這，九指丐說話微微一頓，因為他眼前的大霧中，出現了一個陌生人，正定定的看著九指丐。

「喔？」九指丐摸了摸懷中的黑蕊花，露出缺牙的笑。「看樣子，第一個搶奪者已經出現了。」

這名搶奪者的模樣，似乎與一般的現實玩家有些不同。

他身軀極度壯碩，在寒冷的林口，也只穿著一件背心，露出手臂與胸膛豪壯的肌肉。

「你是誰？」九指丐瞪著來人。

「我有兩個身分，你問的是哪一個？」對方露出雪白牙齒的微笑。「第一個，我是拳擊手。」

「拳擊手？那第二個呢？」九指丐皺眉。

「我是傑森。」那人把手上慢慢纏住了白布。

「傑森？」九指丐有些錯愕，這名字感覺不響亮啊。

「我是第一任的歐洲獵鬼小組。」傑森的雙手捆完了白布，猛烈的殺氣，朝著九指丐而來。「隸屬亞瑟王麾下。」

亞瑟王？

太陽之劍亞瑟王？

蟄伏在地獄遊戲這麼長的時間，亞瑟王終於動作了嗎？他也要加入這場爭奪道具的行列嗎？而他到底屬於哪一邊呢？

林口的另一個角落。

一男一女正躲在暗巷中。

男子的外型奇特，是鳥頭人身，此刻背部倚靠在牆邊，用手抓著自己的腹部，不斷的喘氣。

而女子長得清秀可愛，站在男子前方，似乎在保護著他。

「你的傷……還好嗎？」女孩回頭低語。「孔雀王。」

「還好，鍾小妹。」孔雀王抓著自己的腹部，指尖中隱約可見不斷滲出的血絲，「這女神真是有夠強的，在燚之鳳凰全力爆發時，她還可以趁機攻擊我。」

「當時那一擊應該會打中我，要不是你硬往前跳……」鍾小妹皺眉。「哎呦，你真是笨蛋！笨蛋！」

鍾小妹此刻的心情好複雜，她不想欠孔雀王人情，但又忍不住感動，尤其是孔雀王把像是生命一般的靈力提供給自己，就像是哥哥鍾馗……

「我才不是笨蛋！我只是覺得妳中這招肯定死，我比妳強壯得多啦！」孔雀王忍不住鬥嘴，「所以跳出來擋一下，這點小傷，我孔雀王還不瞧在眼裡咧。」

「哼，死鴨子嘴硬！」鍾小妹知道女神親自出手，孔雀王的傷肯定很重，不然以他印度古神的神力，到現在還只能坐在地上喘氣。

「我不是鴨子，我是孔雀！」

「好啦，死孔雀嘴硬！」鍾小妹跺腳，「不過，我們現在該擔心的，除了你的傷勢，還有另外一件事。」

「嗯。」孔雀王感到困頓至極，眼睛已經快閉上。

「那就是一路上緊咬著我們的靈體，他的靈力之強，完全不在你之下。」鍾小妹嘆氣，「若是讓他找到我們，我們就危險了。」

「靈體……應該是女神旁邊那隻驕傲的白鷹吧，哼！」孔雀王低語。

「嗯，他該是埃及古神之一，與阿努比斯齊名的『荷魯斯』。」鍾小妹咬牙，「我現在架起了文字陣法，『迷』，希望能干擾他的視線，讓我們平安度過這晚。」

「……」孔雀王的眼睛已經閉上。

「孔雀王？！」鍾小妹一驚，急忙蹲下身子，檢查孔雀王的呼吸。

還好，孔雀王的氣息沉重，只是消耗靈力後又被女神傷得太重，經不起長途逃亡，才昏了過去。

「沒事就好。」鍾小妹起身，看著暗巷內狹窄的夜空。「現在只要靠迷，撐過今晚，應該就沒事了吧。」

今晚，是女神設下的最後期限，而若是鍾小妹沒猜錯，蒼蠅王是差不多要出手了。

地獄政府的掌權者，是該證明自己的實力了。

「蒼蠅王啊……」鍾小妹輕輕嘆氣，「你究竟擁有什麼祕密呢？而那個祕密，是否真能擊敗剩下三成力量的女神呢？」

而就在鍾小妹感嘆之際，忽然間，她微微一愣，因為她發現她的面前，正緩緩飄下一片羽毛。

那是一枚鍾小妹見過，最大的老鷹羽毛。

鍾小妹看著這羽毛，先是一愣，然後慢慢的仰起脖子，看向了上方。

上方，那狹窄的暗巷天空，竟然完全消失了。

取而代之的，是一雙銳利如劍的鷹眼，還有身形大到足以完全遮蔽一切的白色翅膀，正停在暗巷的上方。

而鷹嘴就在這時，慢慢彎出一個冷笑弧形。

「找到你們啦。」白鷹帥氣笑容中，帶著絕對的自信。「我的獵物。」

這一秒鐘，鍾小妹感到背後冒出冷汗，一大片冷汗。

重傷的孔雀王，精疲力竭的自己，真的能從這隻埃及古神「荷魯斯」的鷹爪下，逃出生天嗎？

他們，真的還有生存的機會嗎？

這裡，是天使團的基地，不存在的三樓。

比爾正坐在超級電腦面前，雙眼緊盯著電腦螢幕，似乎發現了一個相當怪異的東西。

在他旁邊的，正是獵鬼小組中的少年H。

「少年H，給你看一個東西。」比爾語氣透露著古怪。

「什麼東西？」

「這裡是剛剛詳細掃描吸血鬼女體內程式的資料。」比爾手指著電腦，裡面是複雜到讓少年H頭昏的程式。「可以看出她的程式擁有驚人的自我修復能力，也是吸血鬼族不死的祕密。」

「吸血鬼族不死，這是大家都知道的事實啊。」少年H點頭。「有哪奇怪嗎？」

「有！」比爾吸了一口氣，手比螢幕。「那就是她竟然也有……」

「也有什麼？」

「也是有這段程式，完全和吸血鬼女主程式，搭不起來的多餘程式。」

「多餘程式……」少年H沉思，他還不懂比爾的意思，比爾的意思是說，吸血鬼女體內多了一股奇異的力量嗎？

「而這多餘程式，」比爾椅子轉動，正面對著少年H，語氣嚴肅。「我不是第一次看到了。」

「喔？」

「就在我們家的四翼天使，娜娜身上。」比爾語氣微微顫抖，「我看過一模一樣的多餘程式。」

「啊？」少年H微愣，吸血鬼女與娜娜，這兩個人身上擁有同樣多餘且奇怪的小程式，她們兩個人一個是身居地獄的吸血鬼，一個是中國大妖蜘蛛精，怎麼會有這種奇怪的雷同？

「而且，若是我將兩個程式交叉組合。」比爾敲著鍵盤，兩個小程式透過電腦運算，開始合體。

只見兩個程式互相嵌合，竟然許多地方都絲絲入扣，只是仍有一部分殘缺不全，無法構成一個足以運作的程式體。

「這是……」這一下，連少年H都察覺到這兩個程式的奇異關聯。

「看懂了嗎?」比爾語氣顫抖，「這兩個程式可以合而為一，但卻不夠完整，看樣子，還差了一個。」

「還差了一個……」

「對，這程式肯定還有一個人有。」比爾語氣尖銳，他難以壓抑自己的興奮，「那個人就是讓小程式完整的最後鑰匙，只要找到他，我們就可以知道這程式的最後模樣。」

第三個人嗎?少年H看著電腦畫面。

這是一個什麼謎團啊?吸血鬼女與娜娜她們為什麼擁有完全相同的多餘小程式?她們擁有什麼樣相同的經歷嗎?

而且，第三個人又是誰呢?

這三個程式合而為一，又會誕生什麼樣的力量呢?

「地獄遊戲啊地獄遊戲。」少年H想到這裡，忽然笑了，輕鬆的笑了。「真是讓人搞不懂啊。」

地獄遊戲裡面，還有多少謎團呢?

也許是這樣，才有趣吧。

就是這樣，才讓人充滿期待吧。

時間，剩下三個半小時。

台北火車站的大廳內。

兩個人正在對峙。

「好幾百年了。」蒼蠅王慢慢的笑了。「我終於等到這個時刻，女神，只剩下三成力量的時刻……」

「只剩三成嗎？」女神的眼神中沒有半點畏懼，只是微笑。「那也看你能不能吃得下囉。」

時間，剩下三個半小時。

林口的夜晚來臨，霧也跟著加重。

九指丐拿著黑蕊花，面對著第一個挑戰者，傑森。

來自亞瑟王團隊的傑森。

「嘿，讀者們知道，我九指丐一直都是奸詐角色。」九指丐笑，「現在終於有機會好好表現我的奸詐了。」

時間，剩下三個半小時。

林口還有兩股勢力在移動，一個是驚人的四十五萬人團隊，正對這個奇怪誕生的道具展開史上最大規模的人肉搜尋。

而團隊的背後驅動者，不是別人，正是夜之王，阿努比斯。

他主宰戰局，會對林口這場道具爭奪戰，產生什麼影響呢？

時間，剩下三個半小時。

天使團與獵鬼小組首次攜手，他們派出兩組人馬，搶奪這重要無比的道具。

一組是專司戰鬥破壞的狼人T與二十三號，一組則是敏銳講究戰術的吸血鬼女和小桃。

「這道具到底有什麼奇特的地方？」吸血鬼女問。

「其實我也不懂。」小桃搖頭。「但我好像聽比爾、小五，和老爹討論過。」

「喔？」

「這道具只能用一次。」小桃歪著頭，「而且力量之怪，影響範圍會包含整個地獄遊戲。」

「只能用一次……影響範圍包含整個地獄遊戲？」吸血鬼女喃喃的唸著，聰明的她也想不出這道具真正的用法。

「事實上，老爹他們也不是很懂，但他們判斷。」小桃認真的說，「這道具很重要。」

「嗯。」

「要將老爹女兒從女神程式中拉出而不死，這道具很重要。」小桃用力說，「肯定很重要。」

這道具，肯定很重要。

吸血鬼女仰起頭，看著薄霧中的星空，她細細的讀著那兩句話。

這道具只能用一次，而且影響範圍包含整個地獄遊戲，若是如此，當真是至今出現過，最特別的道具啊。

時間，剩下三個半小時。

同樣林口薄霧中的夜空下，另一對眼睛卻沒有像吸血鬼女的悠閒，反而顯得緊繃而慌張。

她是鍾小妹。

「孔雀王救了我。」鍾小妹祭出了她懷中的靈筆。「無論如何，我都得帶著他逃出去，什麼人的人情都可以欠，我就是不想欠他。」

鍾小妹深深吸氣，她正因為自己都搞不懂的心情，而努力奮戰。

時間，剩下三個半小時。

各大主線風起雲湧，地獄遊戲正等待著，那個被命運女神戴上王冠的勝利者，推開破關的夢幻之門啊！

這裡，是新竹某大學外的咖啡館。

侍者萊恩托著托盤，快步往前，看似平凡的動作，卻讓人發現了一點不對勁。

就是他托盤上面的那兩樣東西，似乎不該是咖啡店會出現的物品啊？

只見他走到一張桌子旁，並從托盤上取下了第一個東西。

「您好，約翰走路先生，這是您點的……」萊恩微笑。「超營養狗食，與排骨。」

約翰走路？

只見一隻大柴犬蹲坐在咖啡桌旁，歪著頭，搖了搖尾巴。

「還有，這是保養油。」萊恩轉過頭，露出笑容，從托盤上取下第二個東西，那是一罐嶄新的保養油。「妖刀村正先生。」

妖刀村正？

一把刀正靠在椅子上，隨著刀身上的刀光流動，似乎在向萊恩答謝。

「這是下集預告，請參考。」萊恩鞠了一個躬，從口袋裡面拿出一張紙條，放到了桌上。

只是刀沒動，狗更一副無所謂的樣子東瞧西瞧，似乎沒人想拿這張紙。

「哎啊。」萊恩嘆氣，「這樣沒辦法宣佈下集預告呢，沒辦法，我自己來好了。」

只見萊恩拿起紙條，乍看到紙上的內容，他先是一愣，然後才抓了抓頭髮。

「這 Div，會不會玩太大啦！他竟然寫了……」萊恩碎碎唸著，「第四個神的足跡。」

第四個神的足跡。

始終尚未出現的第四個神，不就是被公認最強的祂嗎？下一集，祂終於要現身了嗎？

祂的降臨，肯定會替地獄遊戲帶來超猛烈的震撼啊！

The End

奇幻次元 25

地獄系列 第九部 地獄迴歸

國家圖書館出版品預行編目資料

地獄系列 第九部，地獄迴歸 ／Div 著.
一 初版. 一 臺北市：春天出版國際，2011. 05
面；　公分. 一（奇幻次元；25）
ISBN 978-986-6345-80-7（平裝）

857.7　　100007514

ISBN 978-986-6345-80-7
Printed in Taiwan

作者	Div
封面繪圖	Blaze
美術設計	三石設計
總編輯	莊宜勳
編輯	施怡年
發行人	蘇彥誠
出版者	春天出版國際文化有限公司
地址	台北市信義路四段458號3樓
電話	02-7718-0898
傳真	02-7718-2388
E-mail	frank.spring@msa.hinet.net
網址	http://www.bookspring.com.tw
部落格	http://blog.pixnet.net/bookspring
郵政帳號	19705538
戶名	春天出版國際文化有限公司
法律顧問	蕭顯忠律師事務所
出版日期	二〇一一年五月初版一刷
	二〇一九年六月初版37刷
定價	240元
總經銷	楨德圖書事業有限公司
地址	新北市新店區寶興路45巷6弄6號5樓
電話	02-8919-3186
傳真	02-8914-5524
印刷所	鴻霖印刷傳媒股份有限公司